·全民微阅读系列·

一路同行

朱士元　著

江西高校出版社

图书在版编目（CIP）数据

一路同行 / 朱士元著 . — 南昌：江西高校出版社，
2017.1 （2021.1重印）
（全民微阅读系列）
ISBN 978-7-5493-5043-8

Ⅰ. ①—… Ⅱ. ①朱… Ⅲ. ①小小说—小说集—中国
—当代 Ⅳ. ① I247.82

中国版本图书馆 CIP 数据核字（2017）第 017603 号

出 版 发 行	江西高校出版社
社 址	江西省南昌市洪都北大道 96 号
总编室电话	（0791）88504319
销 售 电 话	（0791）88592590
网 址	www.juacp.com
印 刷	永清县晔盛亚胶印有限公司
经 销	全国新华书店
开 本	700mm×1000mm 1/16
印 张	14
字 数	160 千字
版 次	2017 年 1 月第 1 版 2021 年 1 月第 2 次印刷
书 号	ISBN 978-7-5493-5043-8
定 价	45.00 元

赣版权登字 -07-2017-53
版权所有 侵权必究
图书若有印装问题，请随时向本社印制部 (0791-88513257) 退换

目 录

第三辑　履痕篇 / 95

第四辑　休闲篇 / 139

第一辑　温馨篇

　　快九点了，来广场游玩的人达到了最高峰，人们的兴致也达到了最高潮。就在这个时候，有一双又大又亮的眼睛在灯柱的背影处出现了。这双眼睛的出现已有好长一段时间了，除了下雨下雪，差不多从没间断过。有位阿姨在前些日子开始注意起这双眼睛了。

　　那双眼睛是一个十一、二岁小女孩的。一看，这个女孩的脸蛋蛮漂亮，就是雪白的皮肤上长着长长的黄色汗毛，那直挺的眉毛稀疏不一，蓬松的黄发披到腰下。她待在灯柱一旁，从不离开半步，更不和任何人搭讪，只用两只眼睛扫视着广场上的每一个角落。她很少被人注意到。

　　……

十字绣

　　听说丹丹姐姐用自己绣的十字绣为自己卖了四十一万治病的钱，佳佳脸上露出了进医院后的第一次笑容。

拍卖会进行不到一小时，三十幅十字绣作品全部卖完，获得人民币四十三万元。掌声，骤然间响起。

"各位叔叔，阿姨，感谢你们，感谢你们为拯救小佳佳的生命所献出的一份爱心！"一个十五、六岁的小女孩走到台前边说边向大家深深地鞠了一躬。

"怎么会是她，怎么会是她？"一个小老板惊讶地叫了起来。

"她，她不是叫丹丹吗？她可是个得过白血病的人啦！"一位女老板也惊呼起来。

"对，就是她！用自己的双手绣出的十字绣拍卖了四十万元，为自己做了骨髓移植，才挽回了生命！今天，她怎么——"众人不解地猜测着。

一年前，丹丹患了白血病住进了医院。丹丹的父母花光了积蓄，又卖了房子，仍无济于事。就在这时，医院里为丹丹找到了与她相配的骨髓。丹丹知道，能找到与自己相配的骨髓是自己的幸运。可搞移植要40多万块钱啦！钱从哪儿来？丹丹知道这钱是无法筹到的，便要求妈妈带她回家，不要再有这个非分之想了。听了女儿的话，妈妈忍不住再次哭了。妈妈知道，找到相配型的骨髓已花了好大的精力，如放弃了怎么对得起女儿呢？看着妈妈无奈的样子，丹丹劝妈妈说，妈妈，你带我出去走走吧。听了女儿的话，妈妈点头答应了。

走在大街上的一家商铺前，形状各异的一幅幅十字绣把丹丹吸引住了。丹丹问妈妈这是什么画？妈妈告诉她，这叫十字绣，是用针绣出来的。这十字绣有什么用？是出口的，能卖好多钱！我能做吗？你哪能呢？我能，妈妈，我们进去看看！走到后面的屋子里，十几个人正手拿着针在一针针绣着呢。丹丹走到比自己大一点的一个小姑娘跟前，让她教自己。丹丹是个聪明的孩子，没要几天便学会了。丹丹回到病房里，一针针地绣了起来了。她在妈妈的帮助下，二十多幅十字绣作品出来了。丹丹把自己绣的十字绣带到了市红十字会，请求帮忙拍卖。在市红十字会和媒体的帮助下，丹丹获得了四十万元的拍卖费。丹丹用这些钱为自己搞了骨髓移植，很成功。丹丹一天天康复了，她给病房里带来了强者的欢声笑语。

同病房的刘佳佳，还是个不到八岁的小妹妹。别人的父母都在忙着为自己的孩子找相配的骨髓，而佳佳的父母怎么没有一点动静呢？丹丹知道，这里头一定有难言之隐。后来得知，佳佳是抱养的，要找到佳佳的亲生父母可谓大海捞针。丹丹从佳佳的养父母口中得知，佳佳的父母是四川人，原来在佳佳的老家卖苦力，孩子生下来两个月就把给人家了。丹丹得到这一线索，立即上网发帖，让网友来帮助寻找。苦心有了结果，佳佳的父母找到了，可已过世，只有两个哥哥还在寻找妹妹呢。丹丹只身一人，来到四川找到了佳佳的哥哥，把他们带到了自己住的医院里。经检验，他们的骨髓与妹妹佳佳不配型。结果令人失望，可两个哥哥见到了妹妹，也完成了父母的心愿。两个哥哥在丹丹的帮助下，四处寻找为妹妹找到了相配的骨髓。惊喜之余，佳佳的养父母哭了。治病，家里什么都没有了。四十万，这是多大的数字啊？佳佳的养父母默默地哭泣着。

"姐姐，我好害怕！"佳佳趴在丹丹的怀里哭着说。

"不要怕，有我呢，你不要哭！"丹丹边劝说边为佳佳擦掉了眼泪。

"姐姐，你知道吗？三号病房的小哥哥走了。"

"怎么，他走了？为什么？"

"他患了感冒，受到感染走的！"

"嘿，好可怜呀！"

"姐姐，我怕，我——"

"不会的，有姐姐呢。你放心！"

听说丹丹姐姐用自己绣的十字绣为自己卖了四十一万治病的钱，佳佳脸上露出了进医院后的第一次笑容。

快进手术室了，丹丹来到佳佳的身旁对佳佳说："不要怕，要勇敢！"

"我心里就是怕，姐姐！"佳佳说。

"不用怕，你看这么多人来看你，你还怕吗？"丹丹继续鼓励说。

佳佳听了丹丹姐姐的话，转过脸来看着满屋的人，点了点头。

未曾想到

看着儿子一天天消瘦的身躯，躺在床上的母亲不觉流下了两行泪水。假如把儿子累坏了，这个家谁来支撑啊！要不是他的朋友借钱给我们，两个孙子连学都上不起了呀。

　　顺着微弱的星光，黑衣人纵身一跃，两手轻轻地抓住了四楼窗户的护栏。他左顾右盼，找到了两只脚的落点，再不要悬在半空了。身体有了依靠，黑衣人全身轻松。黑衣人耳贴墙壁思忖道，今晚真是遇上了晦气，连跑了两家，未曾想到，没一家可得手的，这第三家再不能错过机会，弄个两手空空而归。

　　躺在床上的老母见儿子整天在为自己的病犯愁着，心里不知如何是好。自打去年被查出自己得这古怪的肝病以后，儿子花光了自己的积蓄，还东凑西借，想了能想的办法来为自己看病。看着儿子一天天消瘦的脸庞，便决定不治这个病了。医生说过，这种病是无法根治的，我都这么一把年纪了，治好了又能多活几年呢？为我这个病，累得儿子背了一身债。她不止一次对儿子说："妈这病是瞧不好的，你已经尽力了，不要再为妈操心了。再说啊，我已经七十多岁了，死也死得着了。"儿子听母亲在劝自己，不觉流下了两行泪水，他恨自己，恨自己怎么就没有钱的呢？要是自己有钱，母亲能说这个病不治了吗？不管怎么说，也不能不治啊！他劝母亲说："妈妈，你放心，儿子有办法，一定会有钱治好你病的。"妈妈摇了摇头，不再作声了。

　　"儿子啊，爸快不行了，爸只求你一件事，你一定要待你妈好！"老人喘着气吃力地说着。

　　"爸，没事的，没事的，你的病一定会好的！"蹲在一旁的儿子拉着父亲的手说。

　　"你已为我的病花了家里的所有积蓄，还借了一屁股债，这，这叫我怎么忍心呢？"

"爸，你放心，我还有钱！"

"有钱，你有什么钱啊，那，那是你卖血的钱，你以为我不知道吗？你妈妈已经告诉我了。"

"爸，只要能治好你的病，儿子愿意！"

"儿啊，不，不要再为我操心了。我，我已经多活了三个月了。你，你一定要待你妈好！"

"这，这你放心！"

从室内传出的声音，黑衣人听得一清二楚。未曾想到，怎这么晦气，又遇上个有病的。嘿，真是倒霉！未曾想到，怎么都遇到些有病的人家呢？下手，怎么忍心下手呀？就是下手，又有什么手下呢？听了这对父子的对话，家里肯定是空空的，还有什么给我可取的呢？我为的是给母亲治病，人家是在为给父亲治病，就是有取的，我能下得了这个手吗？让黑衣人心头一热的是这父子俩为他指了一条路子，看来今晚还是没白来一趟。

化验室门前，黑衣人焦急地等待着。他知道自己肯定是合格的，活了这么大岁数还很少生过病，更不会在身上留下个什么传染病啊。若合格了，还真要感谢前天晚上去过的那户人家呢？未曾想到，若不是他的提醒，我怎么也想不出到这里来卖血的主意啊。血卖成了，母亲的病好转了，我还要到他们家感谢一下呢？经化验，黑衣人一切正常，可以采血。黑衣人笑了。

"儿啊，你哪来买药的钱？"母亲看着儿子买回来一大包药连忙问。

"是朋友借给我的，他说不够再去拿！"黑衣人对母亲说。

"你处的朋友真好啊，千万不要忘记人家的恩情！"

"是，是的，我一定不忘！"

看着儿子一天天消瘦的身躯，躺在床上的母亲不觉流下了两行泪水。假如把儿子累坏了，这个家谁来支撑啊！要不是他的朋友借钱给我们，两个孙子连学都上不起了呀。儿媳是个残疾人，只能做点饭，田里的活一点都不能干。眼下，再也不能让儿子操心了，我要趁儿子现在不在家，一头撞到墙上算了，省得让他再操心。想到这里，黑衣人的母亲从床上慢慢地撑起来。她用尽全身力气，从床上站了起来。刚站稳，她便向墙壁撞去。

"妈，你——"黑衣人从门外进来，看见母亲在往墙上撞，一边喊一边抱起了母亲。

"儿啊，你，你让我——"母亲哭了，哭得很伤心地对儿子说。

"妈，我怎么能让你这样地去呢？"

"多活几天还不是这样！"

"你千万不能，你——"

"要不是你把我这个刚出生不到两个月的病孩从路上捡回家，还能有我这个人吗？"

"儿啊，未曾想到，你——"

黑衣人慢慢地将母亲从自己的怀中放到了床上。母亲的双眼紧紧地盯着儿子，好像在寻找着什么。

小表妹

看着这条短信，我的两行泪水禁不住夺眶而出，一种内疚感塞满胸膛。是的，对这样一个小表妹，我无以报答，可她拜托我的事一直未能帮她做好，她却仍想着我，关心着我，提醒着我。

小表妹给我发来短信：哥，与人为善，理应追求；保重自己，不可疏忽。

看着这条短信，我的两行泪水禁不住夺眶而出，一种内疚感塞满胸膛。是的，对这样一个小表妹，我无以报答，可她拜托我的事一直未能帮她做好，她却仍想着我，关心着我，提醒着我。

对于我来说，接触的人很多，相处的人也很多。在这些人中，有好多成了过眼烟云，早在心中消失了。当然，这些人中与我常来往的也不少，能像小表妹这样相识时间不长却在我脑海中打下烙印的却不多。

与小表妹相识，实属偶然。那年，我因车祸住院，同室的病友是小表妹的表哥。那病友家中没人来照顾，就请只有十五六岁的小表妹来照顾。要说这小表妹，与我年龄相差20多岁，因病友这样称呼，我也不在乎什么就这样称呼了。那时，我家里人也很忙，常常没时间到医院来照顾我，刚开始就请那小表妹帮打打水，叫叫医生，买买饭。时间稍长些，小表妹把照顾我和他的表哥当作自己每天要做的事了。我谢她，她就是笑笑，从不说一句话。

住进医院快一个月了，那病友已能拄着拐杖在病房的走廊里来回走动了。我呢，还不能大步走动。每次下床，小表妹都要进来扶着我，帮我练习走几步。我害怕累着她，不让她扶我，她总是摆摆手，没事的。又过了几天，我也想到走廊里走走。小表妹知道我的意思，便扶我往门外走。刚到门口拐弯处，一不小心，我几乎摔倒在地。小表妹使尽全身力气拉，又伸手拉来了一个查病房的医生才将我扶住。小表妹用手指指我的伤腿，我摇摇头说，不疼，不疼。她从口袋里掏出手帕，擦了擦双眼，一直低着头扶我走到走廊的尽头。她看我咬牙坚持，又不知不觉地笑了。

那天，小表妹出去买东西，病友偷偷地告诉我，你知道吗？小表妹是个什么样的人？我说，自小就善良吧，长大还是个好人。病友说，你还看出什么吗？我说她就是不爱说话。病友说，对呀，她是个哑巴，在无声世界里走过了十六年。哑巴？我惊讶不已。原来她是个哑巴，难怪她一句话不说，只能用笑脸、眼泪、手势来表达自己的感情和行为。我，我怎么就没想到呢？她，她可真是个好人啦！病友见我这样惊讶，对我说，一直未告诉你，怕影响你的情绪，更怕伤了她的自尊。我躺到床上常想，这，这真太难为小表妹了。

病友出院那天，小表妹也跟着回去了。小表妹依依不舍地朝我不停地挥手，我一直把他们送到大门外。就这样，我们一直都没捅破那层窗户纸。

五年后的一天，我突然接到小表妹写来的一封信，这让我感到很突然，她怎么会写信了呢？小表妹在信中说："哥，在医院里，你们一直维护着我的自尊，我感谢你们！回来后，我就上了聋哑学校，现在我已是五年级的学生了。我真没想到，现在可以用文字和你们交流。望你抽空到学校来看我。"读了小表妹的来信，真让我喜出望外，没想到，没想到她能写信了，这真是太好了！我当下给她回了封信，鼓励她好好努力，将来可以学更多的知识，成为一个有用的人。

时隔不久，我买了些学习用品到学校去看望她。她见到我，脸上堆满了笑容。她和我用纸笔在桌上进行交流，我问什么，她几乎都能答出。她用笔写下了很多问我的问题，我都回答了，这让她好满足。她问我，到了阴天，腿会疼吗？我告诉她有点疼，她要我做事不要太紧张，要多休息，我真不知怎么回答她。我去她那里，她说是她最开心的日子。

我同病友通话，讲了一些自己不开心的事情。后来，小表妹从她表哥那儿知道了，立即给我发来短信安慰。我心里在说，小表妹，我该给你发个什么样的短信呢？

雪花飞舞的夜晚

刚走了几步地，翠英和杨奶奶的身上就落满了雪。脚踩在雪上，可雪下面全是冰，每走一步要滑一步。没到半里地，翠英的内衣已湿透了。杨奶奶几次要下来自己走，都被翠英给拒绝了。

雪，仍在狂舞着。

翠英背着杨奶奶每挪几步就要停下来喘口气。杨奶奶不住嘴地叫翠英快把自己放下来，可翠英好像一点儿也没听到似的。

没边没岸的大雪一连下了好几天，杨奶奶病了。躺在床上的杨奶奶不停地叹着气。就在这档儿，她不由自主地思念起远在上海打工的儿子和儿媳，要是他们在家多好啊！杨奶奶不觉流下了两行泪水。

"杨奶奶，杨奶奶，您在家吗？"一个清脆的声音从门外传来。

走到门口的杨奶奶将门打开。她顺着雪地上的反光向外望去，一个雪人正一步一滑地向她家走来。当那个雪人走到杨奶奶面前将头上的雪掸掉时，杨奶奶这才看清是翠英，忙问："翠英，是你啊！这大雪夜你怎么过来了？"

"杨奶奶，我知道你这天没法去买菜，白天特地从街上给你买些新鲜的蔬菜带回来，可这雪一直不停地下着，我心里着急，不能再等了，只好现在送过来。"

"闺女啊，你这样照顾我，这叫我怎么过意得去啊！"

"看你说哪去了，要是你儿子、儿媳在家还需要我来照顾你吗？"

听到"儿媳"两个字，杨奶奶的心似被针戳了一下。那年，翠英和自己的儿子相爱已一年多，处得非常好。后来自己听了别人的话跑去找算命先生占了一卦，说两个人的命相克，硬把他们的婚姻给拆了。事后听人说，算命先生说的全是鬼话，不可信的。可那已经迟了，两个人都有了新的主儿了。翠英嫁给了前庄的志强，儿子也娶了媳妇。自打儿子儿媳到上海打工，那翠英经常跑过来帮自己洗衣买菜。翠英的丈夫志强也去了上海打工，她带着五岁的女儿小菊在家本已不容易，还处处想着我。嘿，下这么大的雪，路又这么滑，她又把菜买好送来了，我怎么对得起翠英啊？我真是有罪啊！想到这里，她拉过翠英的手说："闺女，我对不起你啊！"

"杨奶奶，你的手，你的手怎么这么烫人啦？"翠英赶紧问道。

"闺女啊，你就不要问啦！"杨奶奶有气无力地说着。

"奶奶，你——"翠英边说边用手在杨奶奶的头上摸了一下。"你发高烧！"

"你，你不用再管我了，我昨天着了凉，没事的，你甭再管我了。"

"怎么行呢？杨奶奶你病成这样，还不让我管，你这叫什么话呀？"

"不，不用——"

"不行，我来打电话找车子，送你去医院！"

"不，不用——"

翠英的手机不停地打了好几个熟人，可人家都说车子没法开，路滑容易出事。急得满脸是汗的翠英，当机立断地对杨奶奶说："杨奶奶，我背你去医院！"

"闺女啊，你从哪想得起来的，这漫天大雪，路上都结了冰，怎么背啊？我不会去医院的，反正死也死得着了。"杨奶奶推托说。

"杨奶奶，你听我的话，没事的，好在医院离这不远，最多二里地，我背你去！"

"闺女啊，你回去吧，小菊一个人在家我也不放心啦。你快回去！"

"不行，走！"翠英边说边脱下自己的雨衣让杨奶奶穿上，随之背起杨奶奶就向门外走去。

刚走了几步地，翠英和杨奶奶的身上就落满了雪。脚踩在雪上，可雪下面全是冰，每走一步要滑一步。没到半里地，翠英的内衣已湿透了。杨奶奶几次要下来自己走，都被翠英给拒绝了。过桥了，翠英往前走一步又往后滑一步。没办法，翠英立即趴到雪地上，让杨奶奶抓住自己的衣服，一步一步向桥对面爬去。爬呀，挪呀，终究到了医院门口，翠英放下杨奶奶这才松了一口气。她扶着杨奶奶，慢慢地向急诊室走去。

"妈妈，妈妈，你来啦！"正挂着针的小菊见妈妈来了赶紧叫道。

"怎么，怎么会是你呀？小菊！"翠英几乎惊呆了。

"妈妈，我睡在床上醒了没看到你，就出来找你，刚走到门前的路上就滑倒了。"小菊边说边用手指着病床前的一位陌生人，"是这位叔叔见我脸上都是伤，就让我坐他的车把我带到医院来了。"

听着女儿的话，翠英拉着那位陌生人的手连连说道："谢谢，谢谢！"

"你是怎么知道我把你女儿带到医院来的？"那位陌生人望着翠英和老奶奶问。

"我，我——"翠英支吾着。

"这下好了，有你做母亲的和她的奶奶来了，我就放心了。"

陌生人对翠英说。

"闺女啊,我有罪,我有罪啊,都怨我!"杨奶奶说着便哭了起来。

"怎么怨你呢,都怪我临走没跟女儿说好!"翠英边说边安慰道。

"奶奶,你别哭,都怪我不小心。感谢你来看我!"小菊甜甜地说着。

"小菊,你不动,好好挂针,妈妈带奶奶到那边找医生有点事。"翠英告诫女儿说。

"妈妈放心,我一定听话!"小菊道。

看着几个人围在小菊身边,好多医生护士都走过来说:"你们这一家人真让人羡慕啊!"

陪 考

怎么能不来呢,考大学,是人生的转折点,是一辈子的大事,我怎能不来呢?你看,这么多人在这大太阳底下晒,不就是指望孩子能考上大学,帮他们助阵吗?

烈日下,人们都挤到了学校门前的几棵大树下。

"嘿,这个鬼天气,能把人热死了。"手里不停地拿毛巾擦汗的一个约莫六十多岁的老奶奶自言自语道。

一个中年妇女听了这位老奶奶的话,凑过来问:"您也是来陪考的吗？"

"是啊，儿子儿媳在外地打工，孙女没人来陪。我来时，孙女不让来，不来我怎么放心呢？"

"她爸爸妈妈不在家，那她一直是在你身边了？"

"是啊，自小就跟着我，是我把她带大的。"

"你真是个好奶奶！"

"哎，家家都是一样嘛！"

静静地等着，似考验一场耐力，更是在打一场心理战。

有个中年男子踮起脚尖向考场里看了一眼，回过头来叹了口气道："真是一场拼杀啊！"

"拼什么杀啊，考场还不就这个样儿吗？"站在一边的妻子回应道。

"这么多年来，我为这小子不知费了多少心？"

"你费心？从上幼儿园，你接送过几次，你做过几顿饭？"

"不费心，怎能说叫不费心。为了他，我跑到国外去打工，累死累活地去挣钱，不就是为他上学读书的吗？"

"你这叫责任，就应该这么着。"

"对，对，就应该这么着。"

气温越来越高，好多人在来回走动着，心头的浪潮不时地翻滚着，快要决堤似的。

"老同学，你家儿子的成绩后来怎么样啊？"一个穿着时髦的女人边走边喊道。

听到喊声，好几个人都把头掉转过来，其中一位男子忙回道："是你啊，老同学。儿子的成绩后来提高了不少，但还不理想。"

"我家女儿的成绩一直很稳定，一直是年级前几名。看来，她上北大没问题。"

"就看这次考试发挥了。嘿，前两天，她头一直昏，吃了药才好一点。听说你家儿子吃脑白金补脑的呀。难怪成绩提高那么快。"

"哪里啊，那只不过是一种心理作用，真正靠的是他自己的用功。"

"能提高就好。"

"也只能这样啊。"

一辆轿车刚在停车场停稳，四个人便从车里走了下来，往人员聚集的地方走来。

手提皮包的男子看看手表说："我们来的太迟了，太迟了！"

"路上堵车，堵车，这有什么办法啊？"走在一边的女子有点生气地说。

"多亏学校按时把他们送到考场，要等你们来送那就完了。"一位满头白发的老太太说。

走在前边的老爷爷回过头来说："要说这学校呀，真是不错。孙女考上大学后，一定不能忘记这母校。"

后边的人都点了点头。

已到十一点了，人们开始骚动起来。树荫下，人越来越少了，都向大门口走去。

"姑姑，姐姐快下课了吗？"一个七八岁的小女孩叫道。

"快了，快了！"小女孩的姑姑回答道。

"我以后考大学，你也来陪我吗？"

"怎么能不来呢，考大学，是人生的转折点，是一辈子的大事，我怎能不来呢？你看，这么多人在这大太阳底下晒，不就是指望孩子能考上大学，帮他们助阵吗？"

小女孩朝姑姑看了看，不知姑姑说的话是什么意思。

姑姑拍拍小女孩的头说："再坚持一下，姐姐马上就出来啦！"

下课的铃声响了，考生们一一从考场走出。那些陪考的人正在等待着好消息呢。

不过，这才是今年第一场考试啊。

传家宝

池水，倒映着母女俩的身影，一步步向前游动着，如入仙境一般。摆了下手的周老太示意女儿停下。转过脸的周老太对女儿说，我有话对你说。

池水、绿树、凉亭、花经，把馨香花园点缀得韵落有致，别有一番情趣。

坐在轮椅上的周老太两眼直盯着面前的小花，看着那来回飞舞的蝴蝶，不时地发出微弱的笑声。

手扶轮椅的女儿洪燕看着母亲那高兴的脸庞，脸上也露出欢快的面容。

多孝顺的女儿啊，每天都要把这80多岁的老母从病房里推出来走走，透下空气。坐在木椅上的刘大爷对身边的人说。

是啊，这个女儿好孝顺呵。王大妈应声道。

不易啊，快半年了，每天都是这个样容易吗？陈老太也随和道。

从长凳上站起身的冯大嫂面对大伙说，这个女儿啊，孝顺这老太太是有目的的。

什么目的啊？众人睁大眼睛问。

听说这老太太手里有个传家宝，值好多好多钱，能换套房子呢？

什么传家宝啊，这么值钱？

好像说是什么古董？

古董？

好像有人说过叫什么大明银锭。对，对，就是大明银锭。

大明银锭，噢——

患有脑血栓的周老太，三年前跌了一个跟头，身体无法站起。得到医生的精心治疗，也好转了不少，挂着双拐也能走上一段路。

正在踱着步的周老太被电动车碰了一下就再也没站起来。住院快半年时间了还没见好转，自己急得都快想死了。

活着，总比埋在土里好。要真是那样女儿还有妈妈叫吗？女儿洪燕劝了妈妈无数次，这才让周老太有着活下来的念头。

周老太也不是个想死的人，她看女儿累得瘦了好几斤，很是心疼。她对女儿说，你哥嫂在外地，一切都靠你一个人，妈妈怎么过意得去呢？

妈，看你把话说哪儿去了，我服侍你难道不应该吗？女儿劝说道。

同病房的人都知道，周老太的女儿洪燕身上也患了两三种病，每天都在偷偷地服药，只是没有让她的妈妈发现。

害怕被母亲发现的洪燕，给同病房里的每一个人都打了招呼，不要和妈妈提说她身上的病。

听了女儿的话，大伙都深情地点了点头。多好的女儿啊，这真是周老太的福分啊。

病房里，女儿的孝心感染了每一个人。温馨的氛围，令医生和护士都快有些不解。

洪燕啦，你——医生刚要说什么。

嘘——洪燕打断了医生想要说的话。

走到医生办公室，洪燕向医生询问了自己的身体状况。

医生告知，一定要好好休息，不能再这样操劳了。

听了医生的话，洪燕点了点头。

女儿啊，你快看，这只蝴蝶和你小时候玩的那只一模一样。周老太突然大声叫了起来。

是吗，就是这对啊，我小时候玩过的我已记不清了。女儿回答道。

你小时候啊，蝴蝶、蜻蜓、燕子都是你喜欢的，还学着他们飞呢。

当时应该飞得很高吧，妈妈。

你知道你腿上的那块伤疤是怎么来的吗？就是你菜地边追一只

蝴蝶跌倒后留下的。

难怪我问你你一直没未说，还是这样留下的呀。

我当时不让你追，你就哭了。后来也就随着你了，结果出了这么小纰漏。

这个疤还是你宠的呀。

周老太抬起头，深情地看了看女儿说，推着妈往前边走一走吧。

手扶推车的女儿马上应声道，好。

池水，倒映着母女俩的身影，一步步向前游动着，如入仙境一般。

摆了下手的周老太示意女儿停下。转过脸的周老太对女儿说，我有话对你说？

妈妈，说吧，你怎么一下子变得神神秘秘起来呀，女儿有点着急地提醒道。

你知道我们家有个传家宝吗？那就是块大明银锭。

照你说这是真的呀？有人说奶奶临终前把那传家宝交给了你，我还不相信呢。

周老太说着从怀中掏出一个小包裹，送到女儿的手上说，看看吧。

女儿打开一看，只见亮闪闪的银锭上铸有四个字，知礼重孝。

要懂礼，要孝顺，这是我们的传家宝。女儿啊，你比我做得还好，应该归于你。

那不行，那不行，应该属于哥哥。

不行。那个孽子和你离婚后，我把你留下来做了女儿，要不是你，我能活到今天吗？

女儿不再言语。

奶奶，妈妈，你们在这儿啊！正在大学读书的孙子周传之好不容易才找到妈妈和奶奶。

孙子啊，你放假啦？奶奶问。

还没有，特地回来看您的。

女儿转过脸来对周老太说，把这个传家宝就留给你孙子吧。

周老太朝孙子看了看，没说什么。

周传之接过银锭，沉甸甸的。他看了看上面的几个字，立马陷入沉思之中。

孙子，你以后要保管好他，传下去。

儿子，要记住奶奶的话。

奶奶，你们的话我一定会记住的。不过，这个银锭还应该由妈妈来收藏。周传之边说边把银锭递到妈妈手中。

望着儿子，妈妈不知如何是好。

周老太沉思了一下对女儿说，拿着吧。

背影深处

我白天待在屋里看书，只能在晚上出来看看这美好的世界。我在三年前就来这里了。刚开始，妈妈陪着我，后来我就一个人来了。

夜幕渐渐降下来，怡苑广场的灯柱又亮起了闪闪烁烁的七彩光环。

宛如白昼的广场涌来四面八方的人。来得最多的是孩子们，玩蹦蹦床、骑木马、坐小火车，玩够了还要去买冰糖葫芦。看着孩子们玩得开心，大人们的脸上盛开着花一样的笑。

快九点了，来广场游玩的人达到了最高峰，人们的兴致也达到了最高潮。就在这个时候，有一双又大又亮的眼睛在灯柱的背影处出现了。这双眼睛的出现已有好长一段时间了，除了下雨下雪，差不多从没间断过。有位阿姨在前些日子开始注意起这双眼睛了。

那双眼睛是一个十一二岁小女孩的。一看，这个女孩的脸蛋蛮漂亮，就是雪白的皮肤上长着长长的黄色汗毛，那直挺的眉毛稀疏不一，蓬松的黄发披到腰下。她待在灯柱一旁，从不离开半步，更不和任何人搭讪，只用两只眼睛扫视着广场上的每一个角落。她很少被人注意到。

"孩子，你怎么一个人在这里呢？"那位阿姨不声不响地走到小女孩跟前。

小女孩低着头没有吱声。

"孩子，广场上多好玩啊，你怎不过去玩一玩呢？"

小女孩抬起头看了阿姨一眼。

"孩子，你一个人在这里多难受呀，可过去玩一玩呀。"

小女孩哭了。

"孩子，你哭什么呀？"

"阿姨——"小女孩难以抑制内心的酸楚。

"孩子，你有话跟阿姨说吗？"

"我长得好丑啊，阿姨！我很难见人啦！"

"不，不，不能这么说，你不过是和别人长得不怎么一样而已。"

"是的，妈妈也这样说过。可上幼儿园的时候，好多小朋友整天围着我看，爸爸、妈妈带我跑了好多医院，也没治好我这怪相儿。一气之下，我就不再上学了。"

"不上了，就是怕小朋友围着你看？"

"不，我怕给我爸爸妈妈丢脸，生了我这么个丑女儿！"

听了小女孩的话，那位阿姨的两眼不觉滚下了两行泪珠。十年前的那段往事又勾起了这位阿姨的痛苦回忆：已是十二岁的儿子军军，长得也和这个小女孩一样，整天不能出门，出了门就有好多小朋友围着他大喊大叫。儿子不止一次地对自己说，他太给妈妈丢脸了。她每天都要安慰儿子，要儿子鼓起生活的勇气。后来，她就在家里教儿子识字、唱歌、跳舞，还教会他当合唱团的指挥。在妈妈的精心培育下，军军成了市残疾人少年演唱团的台柱子。有一次到外地演出时，途中发生了车祸，儿子就再也没有回来。一想起自己的儿子，这位阿姨少不了两眼流泪。

小女孩不哭了，两眼直盯着面前的阿姨。

过了好一会儿，阿姨问："你一直没上学吗？"

"没上，阿姨，是妈妈每天下班回来教我，我已学完了小学四年级的课程。"

"真是个好孩子。"

"阿姨，我还想过死呢，死了就再不会给爸爸妈妈丢脸了。不过，一想起爸爸妈妈对我这么好，我就打消了死的念头，提醒自己要好好地活下去。"

"真懂事！"

"妈妈，爸爸也常这样跟我说。"

"那你——"

"我白天待在屋里看书，只能在晚上出来看看这美好的世界。我在三年前就来这里了。刚开始，妈妈陪着我，后来我就一个人来了。"

那位阿姨点了点头，好半天没说什么。

又是一个晚上，那位阿姨不声不响地走到小女孩面前说："孩子，我教你唱歌、跳舞，你乐意吗？"

"我早就想了，可我这样行吗？"

"行，一定行！"

小女孩笑了。

难得那颗心

低头不语的妈妈也流泪了。她知道女儿是个智力受挫的孩子，要不是自己的鼓励和引领，是考不出这样的成绩的。

灯光下，力雯放下手中的课本，再次走到洗漱间用毛巾擦了擦自己的眼睛。这，已经是擦了第四次了。

啃下这根硬骨头怎么就这么难呢？她再次打开课本，默诵起《刻舟求剑》这一篇课文。

眼见前面的都已背下来了，可这一篇背了好多遍就是记不住。力雯怀疑自己的脑袋是否有问题。

力雯所背的文章是正读小学二年级的女儿红红课本里的。她要赶在寒假后开学前把下册课文全部背完，还反复地进行巩固着。

女儿走进小学大门的第一天，力雯就和女儿一起重新学习汉语拼音。她本是会的，时间长有的已忘了，检查起女儿的作业好难哦，不得不与女儿同步前行。

每次做完作业后，红红都要让妈妈检查签字。力雯呢，查完作业后又把自己做的作业交给女儿改，比比看谁写的字好，错题少。

看着女儿的作业本上全是红勾勾，还配有赞美的批语，力雯的心里喜滋滋的，有种说不出的欣慰。

走进家中进行家访的老师问，红红的成绩一直很好，这与你们的家庭教育是有很大关系的。你能介绍一二吗？

没有，没有，主要是她在课堂上用心听课，课后老师辅导得好。力雯对老师所问并非所答。

老师不再追问，只是看着力雯的脸上出现的微妙变化，好像深藏着什么秘密似的。

送走了老师，力雯的心口还呼呼跳个不停。老师啊，老师，我实在是不能对你说啊，说了好丢人哦。

好容易读到小学毕业的力雯，手捧没有合格的成绩报告单来到妈妈的面前交差了。

看了看成绩单的妈妈对力雯说，不错，没让妈妈吃鸡蛋，妈妈满足了。我的女儿真棒。

听了妈妈的夸赞，力雯的心里难受极了，她感到对不起妈妈为自己付出那么多的心血。力雯流泪了。

低头不语的妈妈也流泪了。她知道女儿是个智力受挫的孩子，要不是自己的鼓励和引领，是考不出这样的成绩的。

擦了擦眼泪的力雯对妈妈说，你为我付出这么多，我实在是对不起你啊。爸爸因病走得早，你用尽全部的心思在培养我，可我——

孩子，需要努力的时间在后面，妈妈相信你。你以后一定能读好中学、大学的。

我都笨死了，我哪能上大学呢？妈妈，我恐怕初中也难读完的。

边抚摸着女儿的头发边亲了亲女儿的妈妈说，你会的，一定会！

看着妈妈的力雯，似信非信。

好不容易读完初中的力雯，常得到妈妈的夸赞，说女儿也能成为一名初中毕业生了，将来一定能找个好婆家。

力雯笑了，妈妈也笑了。

自打怀上女儿的力雯，心里常在想，决不能让女儿和自己一样笨，将来得让她上个好大学。

听说县妇联办了个胎教培训班，办雯想都没想赶紧报名参加了。

那课程啊，让力雯一次比一次觉得有意思，给自己带来了好多想不到的知识。照着老师讲的去做不会错，不会的再去问。丈夫对她的举动有点不理解，害怕她的头脑再出什么问题，让她不要这样神出鬼没的。

你懂什么？这是科学，科学你也不相信吗？力雯责怪了自己的丈夫。

好，好，我服你。丈夫笑了笑不再过问了。

你还不睡觉啊，已十一点半啦！丈夫心疼地再次催促着。

好，再等一等。我马上背给你听，看合不合格。力雯回答道。

刚刚背完，力雯的丈夫从床上坐起，边拍手边赞道："合格，合格！"

我看也合格，一个字也没有漏掉。女儿从房中跑出来说。

你，你还没睡啊？力雯见女儿出来赶紧问道。

是啊，你在背，我也在背啊。女儿回答说。

你也在背啊？

是啊！

随着女儿读到高三，一块块骨头都被啃下来了。成了力雯挡路虎的就是那门英语，翻译的句子常翻错了。力雯跑到女儿的学校对老师说，我想来跟你学英语。

老师望了望力雯，似乎早已知道了一切，点了点头说，欢迎你，欢迎你。

考了理想大学的女儿，人们把大拇指一起伸向了力雯。

女儿走进了大学的校门，力雯没有中断学习。她在做一个梦，要是把英语学好了，我不也能像女儿那样考大学吗？

梦想成真的事儿，力雯见过很多，她常说，是梦，还得去努力。

女儿大学毕业那年，力雯考上了省内一所大学，让她插上了获取知识的翅膀。

送妈妈上大学的那天，女儿对妈妈说，妈妈，你说你头脑有智残，我怎么一点也没看出来啊。

力雯望了望女儿，说，是你啊女儿，把我推进了大学的校门。

只是为了这一点

快乐地度过一天又一天的美美，反而觉得生活更充实，更有意义。燃起再寻整容院做隆鼻手术之火的是朋友的一句话，让她感到火急火燎的。

街道两旁，霓虹灯闪闪烁烁。来回穿梭的车辆，显得很是繁忙。

坐在宝马车内的美美不时地向车窗外张望着，正寻找着朋友白天给自己介绍的天娇整容院。

整天困扰着美美的是长在自己脸上的塌鼻梁，走到人前连头都不敢抬起来。

塌鼻梁，成了美美心里的一块疙瘩，一想起来就伤透了脑筋，弄得自己常常是唉声叹气。

高二时，学校举办校园文化节，自己报名参加独唱，老师说竞争激烈未能如愿。

走出大学校园门半年后，面试礼仪小姐，还没看清面试官的脸，只见他们头摇得货郎鼓似的。

那天去相亲，男方和前几次一样，朝介绍人的鼻子指了指，便掉头走了。

回到家中往床上一躺的美美，泪水似断了线的珠子，刷刷地滚落下来。

美美边流泪边咕哝道，都怪爸妈，都怪爸妈给自己生了这个丑脸蛋，塌鼻梁，塌鼻梁。

你又在怪爸妈什么呀？美美的妈妈放下手中的小说书走到女儿的床前问。

什么呀？还是你给我生了这么个塌鼻梁的丑脸蛋。美美显得很委屈。

简直是笑话，这能怪爸妈吗？

不怪你们怪谁啊？难道不是你们生的吗？

笑话，笑话，简直是大笑话。

什么大笑话啊，我要去整形，你就是不同意，难道还能死了不成？

你呀，我不止跟你说过一次吧，整不得的。

为什么，为什么啊？

我听说啊，有个姑娘长得很漂亮,那脸儿让好多人羡慕呢,她——

一路同行

她还——

还怎么啦?

还要去整形,就是为了能被选上模特。他怕选不上,就去整容院割了个双眼皮。

这有什么不好吗?

你不知道啊,这一去可出了大事啦。

什么大事啊?

那个姑娘躺在手术台上,麻药过后就再也没醒过来啊。

这是为什么呀?

听专家说,是麻药使用过量,导致脉搏跳动为零。

没抢救啊?

死了,死了,还抢救什么呀?

妈妈,你跟我说这个干什么?

你,你绝对不能去做那个隆鼻手术的。

心里有些忐忑不安的美美,想想妈妈说的话不无道理。爸妈就我这么一个女儿,万一出点什么事,那可怎么好呢?

十八度大转弯的美美,她不再觉得自己丑,人是天生的,该怎么样就怎样,无所谓。相亲不成只是缘分没到罢了。

快乐地度过一天又一天的美美,反而觉得生活更充实,更有意义。

燃起再寻整容院做隆鼻手术之火的是朋友的一句话,让她感到火急火燎的。

腾远车展会期间要举行模特大赛,奖金最高五万元,最低一万元。

好时机不能错过，错过了不再回来。

多亏好朋友告知，自己早就有过模特大赛的体验了，要拿好成绩，这回得去做个隆鼻手术，一定会很完美的。

那次参加好运来房产展销会模特大赛，要不是这个塌鼻梁，冠军早拿到手中了，结果好不容易得个季军。

车又行了一段路程，天娇整容院出现在了美美的视线中。美美让男朋友停下车，自己打开车门直奔院内走去。

医生啊，我想做个隆鼻手术可以吗？美美走进医院办公室问了一声。

用手摸了摸美美鼻子的医生说，姑娘，其实你的鼻型很好看，只是有一点点向下塌。做也行，不做也可以。

医生啊，我就是为了这一点，要做的。

做，也行。随你自己吧。

一定得做啊，我这一点可烦扰了我这么多年了，我实在是受不了啊。

好，好。

检查中，医生知道，像美美这种病例很多，每遇不顺心的事就会往这一点上想，心理上蒙受了很大的压抑。

手术前，美美问医生，危险吗？

不会的，只要细心点不会出问题。医生答道。

望了望医生的美美，心里似乎平静了许多，眼前不再出现妈妈说的那种情形。

手术很成功，医生、男友和美美都显得很激动，必定能让美美走在人前，更可去夺那模特大赛的冠军了。

站到妈妈面前，美美问，漂亮吗？

漂亮，漂亮，只是鼻子好像又往上跷一点点了。妈妈看了看回答道。

你——你说的是真的吗？

是——是——

一顶军帽

走遍山山水水，历经坎坎坷坷的田芳，面对自己身患癌症的躯体，深感自己必须要和时间赛跑。她与身边的姐妹们组建起了一支拥军合唱团，走进军营为战士们演唱，以表内心的感激之情。

谢幕了，台下的掌声经久不息。走到台前的田芳眼含泪花向台下的战士们鞠躬致谢。一边不停地挥舞着手中那顶已保留39年的草绿色军帽。

那天，躺在病床上的只有7岁的田芳正在看爸爸给她刚买来的小人书，突然间一连串的巨响，房屋全都倒塌了。被压在水泥板下面的田芳，只能睁着一双小眼在打转。

天空下着小雨，哭声，喊声，还有喇叭声，瞬间乱成一片。

大地震，田芳一点也不知道。她只听见外面到处是声音，更不知灾难来临的后果。

这里有个小女孩！已经从废墟中救起9位被埋的住院病人的解放军战士周广发惊讶地喊道。他看了看自己已被扒砖土而磨破的十个指头，毫不犹豫地向水泥板下面伸去了两只手。

用手扒，用肩扛，周广发和战友冒着小雨终究把小田芳从水泥板下抱了出来。他把田芳放在地上，等待车子接走。他留下自己的军帽，盖在田芳的脸上，又去抢救另一个生命。

望着长着一对大眼睛的解放军叔叔，惊恐中的田芳显得很木然。她，掀开刚刚盖在脸上的军帽又看了一眼他离去的背影。

知道自己是在唐山大地震中被那对大眼睛解放军叔叔救下的田芳，暗下决心一定要找到他，当面去感谢他的救命之恩。

来唐山救援的解放军有那么多人，到哪儿去寻找呢？只要听说有部队参加过唐山地震救援的部队，田芳必定去探寻。快10年过去了，一点儿影子也没有。

走遍山山水水，历经坎坎坷坷的田芳，面对自己身患癌症的躯体，深感自己必须要和时间赛跑。她与身边的姐妹们组建起了一支拥军合唱团，走进军营为战士们演唱，以表内心的感激之情。

《正因为有你》这首感人肺腑之歌打动了无数人的心。这首歌，是田芳自己写的词，自己演唱的。她要用这首歌来回报解放军的救命之恩。

军民联欢会上，田芳的拥军合唱团与百名退休老兵合唱团走到了一起。同台演出期间，田芳的双眼紧紧地盯着一位老战士，那双大眼睛在她面前闪动着。

是他，就是他！田芳相信自己的眼睛，一步一步向他靠近。

你还记得这顶军帽吗？田芳站在老兵的面前问。

接过军帽看了又看的老兵，突然惊叫起来，你是唐山大地震中被我从医院的废墟中救起的那个小姑娘。

是啊，是我，我找你找得好苦啊。田芳边说边哭了起来。她一把抱住老兵，不停地叫道，恩人啦，恩人啦，我终于找到你啦。

妹妹，我叫周广发。那次我在救援中救了 11 个兄弟姐妹，我立了二等功，还被选派去为毛主席守灵。

周大哥，我手中的这顶军帽伴我走过了 39 年的路程，我每时每刻都视他为珍宝。每天看见他，我就看见你这个救命恩人。这顶军帽，鼓励我战胜两次癌症的折磨，我一直在想，一定要坚持找到你。

有缘，有缘啦，要不是我们这两个合唱团到一起会演，也不会就这么巧了啊。

你们是谁发起组建这个合唱团的呀？

这个团是我们的老团长组建的。

他当年是负责什么工作的？

他啊，当年是我们的连长。

你说怎会这么巧，大地震刚发生，你们就赶到了。

是这样的。要说巧合还真是巧合。

是巧合？

我们跟连长去执行任务，刚好走到唐山这个地方发生了地震。

你们——

连长命令我们立即救援！

还记得那个日子吗？

记得，当时是 1976 年 7 月 28 日 3 时 42 分。

你们连当时人多吗？

全连 118 名官兵。

我后来听说，你们救出了好多人啊？

当时共救出 392 名父老乡亲。

真是太感谢你们啦，感谢你们的救命之恩啊！

这，这，这是我们子弟兵应该做的。

你们现在还有多少人在一起啊？

今天啊，除了生病去世的几位，有 60 多个人都还在一起呢？

你们都住哪儿啊？

我们转业后，都居住在这个地方。

真是太巧了。

这就叫有缘啦。

围在田芳的两支合唱团的队员们，听着，听着，他们情不自禁地唱起了《正因为有你》。歌声，传向远方，也传向了当年唐山大地震的救援现场。

就这么定了

有好长一段时间，杨明没带一个朋友回家，略显有些失落感的齐梅，觉得自己的厨艺已无用武之地。有时他还数落杨明，近日又遇到不开心的事了吧，怎么连一个朋友也没过来玩啦？

听说是书记来到家里，可把齐梅给急坏了，不知怎么忙是好。

熟悉齐梅的人都知道，她那个坐在局长宝座上已多年的丈夫杨明每次带几个客人回来，总是脸不像脸腔不像腔的，显得很是冷峻。杨明私下里多次劝导她，我带回家的那些人可对我也等于对你都是有好处的，你那脸上就不能显露一点笑容吗？你那笑容如不用，过期就作废了。

齐梅也有显得格外热情的时候，那就是杨明的朋友来了还拎点东西过来。每在这样的场合，杨明显得很有面子，朋友们也都乐呵呵的。

杨明的朋友清楚，杨明怕丢自己的面子，被人说成是个"气（妻）管炎（严）"。他琢磨出了一个绝招，再带朋友回家，自己提前准备好礼品，每次各有不同。

有好长一段时间，杨明没带一个朋友回家，略显有些失落感的齐梅，觉得自己的厨艺已无用武之地。有时他还数落杨明："近日又遇到不开心的事了吧，怎么连一个朋友也没过来玩啦？"每听到这话时，杨明笑着答道："可能是那些朋友的手头紧吧。""我也不是靠那礼物过日子的，带不带又能怎么样呢？""他们来了空着手感觉不过意的。""这说哪儿的话，来了不就是图个热闹吗？""你说出这话呀，弄不好今晚就有朋友过来玩呢。"

　　走在下班路上的齐梅，忽然接到杨明的电话，说今晚有几个朋友到家里玩，准备几个菜。齐梅对着手机嘟哝道："这个死鬼，说过刚几天，还真带朋友来玩了呢？我说让你带朋友来玩，那是逗你开心，没想到你还当真！""那——那——""那什么那？不知你又带哪些酒鬼呢？随它呢，顺便去菜场随便买几个菜得了。""谢谢夫人！""谢你个头！""……"

　　刚走进家门的杨明，见夫人齐梅正在厨房忙着呢，赶紧向她介绍起身边的几位朋友。杨明面对第一个人介绍说："这是县里的张书记！""张书记啊？"齐梅显得有些激动不已。她曾多次听丈夫说起张书记，一直说要来家里玩，可一直没机会，没想到今天真的来了。"嫂子，让你费心了。"书记笑着说。"你看，人还没到，就让你忙开了。""没，没什么。欢迎你来啊！请到客厅坐吧！"齐梅说。其他几位，杨明并未介绍，是常来的朋友。他让张书记先进了屋，随后大家也便一一落座。

　　"张书记来了，也不说一声，你这个死鬼啊！"齐梅见丈夫进厨房来拎茶便赶紧抱怨道。"我还得去趟菜场啊！""你，你不是把菜已经买回来了吗？"杨明反问道。"你简直是个猪脑袋，那些菜是张书记吃的吗？""那好，就麻烦你再跑一趟！""你可要把几位朋友照顾好哦！""你放心去忙吧！"

匆匆忙忙从菜场跑回家的齐梅，见丈夫正陪张书记搓麻将呢，心里有种说不出的高兴。没想到，丈夫照顾张书记还真周到呢。齐梅从未有个像今天这样手麻脚利，很顺当地做着每一道菜。兴奋得有些不知所措的齐梅，使出全身解数，她要让张书记和那同来的几位好友感受感受自己的招数。

酒过三巡，菜过五味。张书记首先站起来说："嫂子，为了你的厨艺，我敬你两杯！"有点受宠若惊的齐梅，其实并不胜酒力，见书记敬酒，立马将两杯酒下肚。随之，杨明的几位朋友们相继站起来敬了齐梅两杯。有点招架不住的齐梅走到张书记身旁说："我——我再敬——敬你两杯！"张书记连忙站起身，端过酒杯一饮而尽。"张——张书记，我——我再——再——敬——你两杯！"齐梅拉着张书记的手说。"我——我不能再喝了。嫂子！"张书记推托说。话未说完，齐梅、张书记相继趴到了桌上。

杨明看着大家喝得如此高兴，心里有种说不出的快慰。几位朋友你看着我，我看着你，没说一句话。机灵鬼老赵忍不住说："我们的老张演得真像啊！难怪卫生管理所那几个人都听他的话。下回啊，我来演书记。"

喝茶。打牌。

要各自回家了。刚刚退去酒气的齐梅拉着张书记的手说："书记不能走，多玩一会儿！"张书记笑笑说："嫂子，我得走，谢谢你热情款待！以后有事，尽管找我！"

"好——"

"就这么定了！"

我陪你去

探亲室里，洪倩和妈妈抱头痛哭着。哭了好一会儿，洪倩从包里拿出一身衣服，一双袜子，一双鞋子，还有一把木梳。洪倩妈妈看着这些东西，心里已明白，这是女儿为她特地送来的。

翻来覆去睡不着的洪成，不知这会儿该怎样答复女儿。白天，女儿洪倩对自己说，她要去监狱看妈妈，自己没有同意，这已是女儿的第三十二次要求了。可她妈妈被带走的时候曾对自己说过，千万不要让女儿知道她入狱了，更不能让女儿知道自己是因为吸毒被抓进去的。如果让她去了，不又辜负她母亲的嘱托吗？再说，我那刚过门的媳妇又会怎么想呢？

"洪成，你怎么还没睡呀？"刚结婚不到一年的媳妇秦晴对洪成说。

"对不起呀，打扰你了。我，我这就睡！"洪成对妻子说。

"什么打扰不打扰的，说哪的话呀？"

"你刚做了流产手术，还需要好好休息呢。"

听了这话，秦晴坐起来说道："那又怎么样呢？没什么，我只担心你白天要去上班，夜里睡不好觉会没精神的。"

"秦晴，你让我怎么说好呢？"洪成也翻身坐了起来。"为了治好你失散多年的妹妹的白血病，能顺利进行骨髓移植，你打掉了孩子。我知道，母亲听说你打掉了孩子，还生你的气呢。她生气，是心疼那个男孩啊！"

"洪成，我对不起你们。不过，洪成你要知道，我妹妹是刚出生就给人家抱走的。她得了这种病，人家千辛万苦才找到我，我能见死不救吗？婆婆生我的气，我以后会弥补的。你心里也不要着急呀。我知道你在为女儿的事发愁呢！"

"打掉孩子的事我没介意，我是支持的。不过，洪倩要去看她妈，叫我为难啦！"

"我看没什么，等到星期天我陪她去！"

"你？"

"我！"

"她对你一直抱有成见，至今连一声阿姨还没喊过你呢？何况又是到她还在蹲监狱的亲妈那儿去呢？"

"我看行！今天啊，她看她奶奶又翻着白眼对我摔碗撂碟子。她立即拉我到她的房间，对我说：'阿姨，你可不要生奶奶的气。你到我们家这么多天，我嘴上没叫你，其实我的心里早就叫你了。你是个好人！'听了洪倩的话，我忍不住流下了眼泪。对孩子说：'你真懂事，阿姨一定会像你妈一样照顾你的。'洪倩听了我说的话，也哭了。她还要我不要像她妈那样坏，不争气。我问她还在生妈妈的气吗？她说已经不生她的气了，只希望能早点见到妈妈说上几句安慰的话，让她好好改造，早点出来。你看，孩子多懂事啊！"

"她真这么说的？她真的对你认可了？"

"是的。"

"还是要谢你啊，秦晴。可你这身体能陪她去吗？"

"能，没问题。"

"真是太谢谢你了！"

探亲室里，洪倩和妈妈抱头痛哭着。哭了好一会儿，洪倩从包里拿出一身衣服，一双袜子，一双鞋子，还有一把木梳。洪倩妈妈看着这些东西，心里已明白，这是女儿为她特地送来的。这些东西，可是女儿的一片苦心，也是女儿的期盼啊。其实，她就是不送这些东西，她已经在努力改造呢。洪倩看着妈妈呆呆地望着这些东西，对妈妈说："这都是秦阿姨为你买的。""秦阿姨？她，她怎么会——"洪倩的妈妈有些不解地嘟哝着。"她说，你是好人，只不过是上人当了。她待我特别好！""你爸爸呢？""他不肯来，说已经和你离了婚，不想再来见你。""你，你那阿姨呢？让我和她说几句话。""好！"洪倩转过脸来，已不见秦晴的身影。正要走出门去找秦晴的洪倩，被妈妈一把拉住了，示意她不要去了。洪倩点了点头。

秦晴进了手术室当天，洪倩就跑来照顾秦阿姨。洪倩是用课余时间跑过来的。老师怕影响她的高考，劝她不要过去。洪倩对老师说，不会的，去了自己会放点心，若不去，放不下心，反而会影响高考。老师同意了。洪倩刚把一杯水端到秦晴面前，就被秦晴叫住了。她拉着洪倩的手说:"这里不需要你,有医生护士呢?千万不要把你的成绩拉下来。要是那样,我怎么会安心呢?""不行,我一定每天都来照顾你!""你就星期天来吧!""那怎么行呢?"

"行,有我呢!"洪倩的奶奶从门外一步跨进了病房说。

秦晴和洪倩听到这个声音,都惊讶不已,齐声说道:"是你——"

"是我,你们想不到吧!"

"奶奶——"

"妈妈——"

小火车

医院里,医生、护士正全身心地在抢救着。中毒的村民经过治疗,一个个开始好转。韦民终于在第三天睁开了双眼。此时,省里的、市里的、区里的领导都站在他的床前。

太阳刚下山,韦民骑着摩托车便急急急地往家赶。他要把今天从城里买来的小火车送给儿子,给儿子一个惊喜。为了这个小火车,他已经失信于儿子多次了,每次来县城办事总挤不出时间,儿子一提小火车的事,心里就很内疚,今天总算如愿了。儿子,一拿到小火车一定会很高兴的。

"我爱你,爱着你,就像老鼠爱大米……"手机的声音。韦民停下车打开手机一看，是镇党委书记的号码。"喂，马书记吗？有事吗？"韦民问。"韦民，在你们村境内的高速公路上发生液氯泄漏事故，市区领导已安排好抢救措施，请你赶快回去疏散村民！"马书记用命令的口吻说。"什么？什么？氯气，这怎么得了啊？会毒死人的！""时间来不及多说，你立即回村救人，我马上就到！""是！"对氯气的厉害，韦民在部队时就知道的，如不及时疏散人员，后果是难以想象的。韦民心急如焚，但他每遇大事总能沉着应对。他连忙拨通村主任的电话号码，告诉他路上发生的事情，要他立即通知村干部们分头行动，带领村民们向上风头安全地带疏散。然后，他上了车直往离事故地点最近的七组骑去。

天已黑透了，对面看不清人影儿。韦民来到离出事路边最近的七组村头，支好摩托车。他见村子里静悄悄的，家家灯火透明，人们还不知大难已经临头。他疯也似的狂呼起来："父老乡亲们，毒气过来了，闻到会撂命的，快出来跟我转移吧！"听到喊声，村子里乱成一团。从屋子里跑出来的人们不知往哪儿跑是好。"快，快往上风头跑！都跟在我后边跑！"韦民看到村民们手慌脚乱便拼命地喊着。此时，市、区、镇的领导也都赶来了，武警官兵也赶来了，消防车、救护车一路上鸣着汽笛也赶来了。

当村民们转到安全地带时，韦民想到了肖大爷老两口肯定还在屋里，年纪大没法跑，便马上回头向他家跑去。到屋里一看，老人正在屋里急得团团转。韦民什么话也没说，拉上两位老人就走。刚出门，即被两名穿着防毒面具的武警战士接走了。韦民刚准备跟在后面走，突然听到刘小二家屋里发出喊声："来人啦，来人啦！"不好，刘小二常年卧床不起，只和十二岁的弟弟在家，可弟弟在校上晚自习还没有回来，韦民便径直向他家屋里奔去。此时，毒气已经飘过来。韦民跑到刘小二家立刻脱下小褂子在水缸里湿了湿，把自己的头包起来，后又用湿毛巾堵在刘小二的嘴里，随后背起刘小二就往外冲，正好又被等候在门外的武警战士接走了。此时的韦民几乎要晕倒，可他眼前一亮，王三外出打工，老婆身体不好，儿子昨天还去挂针，弄不好都还在屋里没走。韦民带上两名武警战士跑到王三家一看，王三老婆正哭着呢，儿子两眼微闭，急促地喘着气。韦民让武警战士把他们娘儿俩抬走，送上了救护车。后跑过来的几位武警战士说："韦书记，你，你得赶快离开！不然，你，你就受不了啦！"韦民指指包在头上的湿衣服说："没什么，有它呢，你们赶快和我到老石头家，他家的老母羊刚下，那个爱羊如命的老石头肯定在家看着呢。""好！"几个战士跟在韦民后面直向老石头家跑去。刚跑几步，韦民"扑通"一声倒下了。两名战士赶紧来扶韦民，韦民摆摆手说："快去救老石头！"两位战士跑进院子一看，老石头怀里正抱着两头小羊，倒在大门口，喘气已很困难了。两位战士连忙抬起老石头直向外跑。另外两名战士也迅速地抬起倒在地上的韦民，跟在后面一起向救护车跑去。

医院里，医生、护士正全身心地在抢救着。中毒的村民经过治疗，一个个开始好转。韦民终于在第三天睁开了双眼。此时，省里的、市里的、区里的领导都站在他的床前。看韦民睁开了双眼，领导们几乎同时喊道："韦民，你——""我，我没什么，谢谢领导！"韦民用微弱的声音回答道。此时，几位领导忍不住掉转头流下难以控制的泪水。韦民看到此景，马上问："王区长啊，我们村到底死了多少人？""……""领导啊，我们村到底死了多少人？请你们快告诉我！""两个！"区委杨书记用颤抖的声音回答道。"死了两个人？"韦民边说边"哇"的一声哭了起来。他边哭边说："我没有做好工作啊，我要检讨，我要向领导检讨，我要向村民们检讨！""韦民，你，你要安心治疗。"几位领导安慰了韦民后便都默默地向病房外走去。

韦民的病房外，已挤满了在这里等候了两天两夜的村民们。当大伙听说韦民已睁开了双眼都哭了起来。韦民听到哭声慢慢地撑着坐了起来，对大伙说："我们已逃过了大难。再说，我已好了，大伙千万别伤心啊！"韦民的话音刚落，镇里的马书记突然来到韦民的床边，往地上一跪，哭着说："韦民，我对不起你，我对不起你啊！""什么，你说什么呀马书记？"韦民莫名其妙地问。"我，我没能照顾好你的老婆和儿子啊！""他们，他们怎么啦？""他们，他们都没有抢救过来。""儿子……"韦民刚喊了一声，便昏了过去。

韦民家离出事的地方比较近。那天晚上，韦民的老婆和上小学三年级的儿子一起在家等韦民回来吃饭。等了好长时间，韦民也没回来。儿子做完作业后就在本子上画小火车，火车头上还画着一面迎风飘扬的红旗。后来，肚子实在饿了，便和妈妈一起先吃饭了。刚端起碗，韦民的老婆就觉得头晕，心里难受。这时，他听到外面到处是喊叫声，就赶忙走到外面看是怎么回事？她到外头一看，见晃动的人影都在到处乱跑呢，才知出了事。她赶紧走到屋里，抱起儿子就往外跑，跑到屋后的小桥上便都栽倒了。当前来抢救的人员发现后，立即把他们送往医院，可是已经晚了。到了医院不到三个小时，就都停止了呼吸。

送葬那天，村民们来了，学校的老师、同学来了，医院的医生、护士来了，消防官兵、武警官兵来了，上级的领导来了……人们胸佩白花，排着三里多长的队伍来和自己的亲人告别。韦民捧着夫人、儿子的骨灰盒走在队伍的最前面，儿子的骨灰盒上放着儿子还没有见到的小火车。望着那小火车，人们在哽咽着……

流动的鲜花

回想起过生日那天的情景，陈三打心眼里感谢徐班长，为自己置办了一桌丰盛的酒席，还特意买来了蛋糕。更有那俞乐，为自己买来了的那一篮鲜花听说价格很昂贵。

看着花篮中的百合、康乃馨、郁金香、蔷薇、剑兰、牡丹、圣诞红和红掌，还有勿忘我，陈三笑得合不拢嘴，眼快眯成了一条缝。

正看着时，陈三又用新买来的水壶为鲜花浇上了点水。

到底还是哥儿们，为我送这么昂贵的一篮花。陈三在心里头一遍又一遍地感激着。

陈三在工友们中间，是个爱说爱笑的人，从不计较小节，人缘好，好多人都喜欢接近他，与他交朋友。

年岁稍长的陈三，很受工友们的敬重。前些日子，陈三过 50 岁生日，给工友们很是忙乎了一阵子。

比陈三小两岁的俞乐，专门去张罗生日鲜花的事儿。他大街小巷跑了好几家，看了之后都不太满意，有的不是品种不好，就是有的价格太高。

来到月亮船花店门前，一下子把俞乐给吸引住了。花，是名贵的花。价钱，比刚刚去过的几个花店要便宜好多。

花店的老板很公道，俞乐当下谈妥了价钱，还约定了来取花的时间。

"祝你生日快乐，祝你生日快乐……"欢快的乐曲在小餐厅里回荡着。陈三用打火机慢慢地点上蜡烛，还闭上眼睛许下了自己的心愿。刚睁开眼，他又一口气吹灭了蜡烛。

刚唱完歌，大家便争着吃起了蛋糕。

转眼间，陈三变成了圣诞老人，他的脸上只有两只眼睛在眨巴着。陈三的心里，不知该怎样感谢工友们是好。

席间，大家推杯换盏，开怀畅饮。陈三不胜酒力，为表感激之情，一口气喝了 8 两。已经支撑不住的陈三，一下子趴到了桌边上。

回想起过生日那天的情景，陈三打心眼里感谢徐班长，为自己置办了一桌丰盛的酒席，还特意买来了蛋糕。更有那俞乐，为自己买来了的那一篮鲜花听说价格很昂贵。

决定改日再请工友们撮一顿的陈三，提前已把酒店定了下来。工友们听说了，都劝陈三不要花这个钱，自己人，何必呢？

陈三还是办了，工友们吃得很开心。

正躺在床上休息的陈三，忽听洪力权走进屋来喊道："陈大哥，陈大哥，你知道吗？"

"什么事呀，知道什么事呀？"陈三一骨碌从床上翻了起来。

"徐班长住院了！"

"徐班长住院了？什么时候？"

"昨天夜里。"

"昨天夜里？他昨晚不在加班吗？"

"没错，下夜班回到家，头就开始疼，越疼越厉害！"

"什么病？"

"我也说不清。"

"那得去看看！"

"我也是这么想的。"

从医院回来，陈三走一路想一路，徐班长这个病属劳累过度，还得在医院住些日子。我今天去得急是空着手去的，下趟再去该送上点什么礼物呢？

有了，就把工友们送给我的那篮鲜花送过去。不过，那篮鲜花太昂贵了，陈三又有点舍不得。

平日，徐班长对自己可好着呢。送篮花又舍不得，这不是太小气了吗？再说，这篮花是工友们送给我的，自己也没花钱。想着，陈三用手敲了敲自己的脑袋。

得搞得新鲜点，漂亮点。陈三把装满鲜花的花篮提到对面的好再来花店，换了字牌，换了花篮，又买了两枝剑兰插到里边。临走，陈三又在花上浇了点水。

看着陈三送来这么一篮新鲜昂贵的鲜花，徐班长用手支撑着坐了起来。他拉过陈三的手说："陈大哥，真是太感谢你了，让你破费这么多。"

"哪里，哪里，一点小意思。你平时那么关心我，帮助我，我不知道怎么感谢你呢？"

"哎，那不是康乃馨吗？可贵呢？"

"那是象征我们的友谊！"

"那好像是剑兰？"

"是。那是祝你早日康复的！"

"你看，你看，让你花这么多钱。"

"好兄弟，应该的！徐班长，你是知道的，我是个爱说笑的人，大家不计较我，我感到很快乐的。"

"大家在一起，就是要互相关照点。"

"对，就是要互相关照点！"俞乐、洪力权还有其他几个工友边说边推门走了进来。

"谢谢，谢谢兄弟们来看我！"徐班长刚要下床被洪力权给按住了。

聊了一会儿，徐班长感觉浑身很轻松。他要留他们几个在医院旁边的饭店里吃饭，几个人没有同意。

途中，洪力权问陈三："你那篮鲜花买多少钱啊？"

"我，我这个很便宜的，不到 100 块钱。"陈三回答道。

"不会吧，这么好的一篮鲜花就 100 块钱？不可能。"

"是——是——"

大家边走边说边笑。

"哎，陈大哥，那花是你从家里带过来的吧？"侯金明悄悄地打着耳语问。

"没错，是的。"陈三说。

"陈大哥，你，你怎么能把那篮花拿来送给徐班长呢？"

"为何？"

"你知道吗？那篮花里的鲜花是捡垃圾的人从火葬场里的花圈上弄下来卖到鲜花店的，俞乐让花店老板给精心包装的呀！"

听得此话，陈三顿时倒在了地上，还咿咿呀呀地边哭边说道："你——你们不——不该啊——"

"陈大哥，你——你怎回事啊？"同寝室的王诚实走到陈三的身边问。

"花——那花——"

"那花啊，我知道是他们在搞恶作剧，当时就被我偷偷扔掉了。现在那篮花是我花了 300 块钱重买的。"

"好兄弟啊——"

第二辑　励志篇

　　　　那天早晨起床后，我走到阳台照例哼上一曲。那首曲子是刚学不久，对我来说还是有点难度的，已经练了几个早晨还有点跑调。哼完了，我伸伸手臂刚准备回屋，忽听隔壁阳台上的那小保姆大声唱起我刚才哼的曲子。浑厚的嗓音、奔放的激情，把那首曲子唱得完完美美。我被她的嗓音吸引住了，忍不住为她鼓起掌。小保姆，能有这样的好嗓子，我确实有点怀疑。

独　舞

　　又一个夏日的夜晚，女孩手牵自己的恋人来到了她曾经独舞三年的小河边。河边的彩灯，河边的广场，河边的高楼，还有那充满生机的绿化带，一切都变了。

　　抬眼婆娑舞动的树影下，牵手的情人，卖艺的歌女，摆摊的小贩，玩耍的孩子，把这小城路边的夜晚装点得热热闹闹。

道路左侧那条静静的小河边，河水在灯光的照射下正倒映着一个少女的身姿，天仙般起舞着。她摆着手，扭着腰，蹦着脚，原地踏足踏似地不移一点步子。忽然，她游鱼一般串走了，一走就是十几米。她边走边舞，嘴里还叽叽呀呀地哼着一首曲儿。到了河边的一堆乱石旁，她又掉转头来，重复刚才的动作，嘴里同样哼着刚才的曲儿。这样，他来来回回跑有四五趟。不知是累了，还是什么原因，她立在一棵小树旁一动不动，水中泛起的涟漪把她的身影晃动得婉如一条美女蛇。她立在那里，双唇不停地上下翕动着，不知发出一种什么声音。

"孩子，又来跳舞啦！"一位老大爷拄着拐杖走到她的身边说。

"嗯！"那女孩从鼻孔里发出了回答的声音。

"又来跳舞啦，孩子！"一位坐在轮椅上的老太太关切地问了一声。

"嗯！"女孩这个声音仍是从鼻孔里发出的。

"一个人跳舞啊，没意思！"一个年轻男子不屑一顾地走过来说了一声。

"难道你还想玩二人转？臭美！"女孩口中吐出怀有怒火般的声响。

"臭美？笑话！"年轻男子莫名其妙。

"当然，这还用说！"女孩毫不示弱。

"太苦闷！"年轻男子笑了。

"苦闷？你有吗？"女孩自豪地说。

"你是——"年轻男子有些不解。

"我是独舞！"女孩边说边昂起了自己的头。

"独舞？"年轻男子如入迷雾。

"哈哈，哈哈哈——"女孩随着自己的笑声飘走了。

年轻男子呆呆地站在那里，不知刚才女孩都说些什么。不过，他马上又明白了什么似的。那女孩的双脚？难道她也和我一样？他四处张望着，想寻找些什么，可眼前只有刚才女孩站在那里的一棵小树立在河边。树，小树，怎么就这一棵小树呢？他近前一看，那是一棵看上去已经苍老且长满疮疤的小树。年轻男子在那棵小树旁伫立了一会儿，不觉叹口气走了。他边走边想：难道它也在独舞？

又一个夏日的夜晚，女孩手牵自己的恋人来到了她曾经独舞三年的小河边。河边的彩灯，河边的广场，河边的高楼，还有那充满生机的绿化带，一切都变了。女孩对男友说：四年前，这里还很荒凉，我在这里独舞，只有一棵历经沧桑的小树伴着我。我是个残疾人，我曾找过舞伴，想以舞逗趣，可没有人能与我共舞。相邀失败后，我一个人便来到了这小河边。那时，这里的环境太差，可又没个好去处。当时，我发誓，一定要考上大学，将来用自己学到的知识来改变这里的一切。那几年，我每晚都来这里跳舞，为的是激励自己的斗志。没想到，这几年我每次放假回来都看到这里有新变化呀！

"是呀，现在的变化就是快呀！"男友深情地说了一声。

"小树，小树还在！"女孩用手指了指前边的方向说。

"还在呀？怎么会——"男友有些惊奇地问。

他们走到那棵小树下，只见上面挂着一块精制的不绣钢牌子。上面写着："独舞女孩，独舞小树，身残志坚，令人震撼。他和它激励我要改变这里的一切，望所有人监督。新任市长魏民。"

"市长？"女孩摸了摸自己的脑袋。

"什么市长？"男友也不解地嘟哝着。

"想起来，想起来了，就是那晚和我斗嘴的那一个！真，真没想到——"

"那晚，什么那晚？你——"

女孩看男友那惊恐的样子，"哈哈哈"大笑起来，随之相告了事情的原委。

女孩和男友走上工作岗位后得知，市长的左腿也是残疾。

生死约定

石倩的脾气自小就有点怪，凡是自己认定的事就一定要干成。第一年高考，成绩只够二类本科的，她坚决不上。爸爸妈妈劝她，能考出这样的成绩已经不错了，还是选个学校上吧。

"妈妈，我要等到十年后再死！"躺在妈妈怀里的石倩显得很认真地说。

"闺女啊，这，这——"已经哭干了眼泪的妈妈听着女儿的话，心如刀绞一般地哽咽着。

"你放心，妈妈，我一定会等到十年后再死的！"

"我，我但愿女儿你，你——"

自小就聪明伶俐的石倩，很得村上人的喜爱。从小学一年级算起，她的成绩在班里就占据头牌。同学羡慕她，老师喜爱她，爸爸妈妈更视她为骄傲。

石倩的脾气自小就有点怪，凡是自己认定的事就一定要干成。第一年高考，成绩只够二类本科的，她坚决不上。爸爸妈妈劝她，能考出这样的成绩已经不错了，还是选个学校上吧。可石倩怎么也不肯，决定复读，定要考上个理想的一类本科。爸爸妈妈拗不过她，只好让她去复读。第二年高考，石倩经过一番努力，终究如愿以偿，考上了一所名牌大学，这让村上人都为她高兴。大学毕业后，她被一家外资企业聘用，上班还不到半年，石倩被查出得了鼻咽癌。晴天霹雳，让家人一下子如坠深渊之中。石倩刚查出这个病时本不想把自己的病情告诉爸爸妈妈的，经过多次的思想斗争，还是决定告诉他们，何必遮遮掩掩呢？得知女儿患了癌症，石倩的爸爸妈妈急得不知所措。他们为了安慰女儿，强忍着内心的悲痛。可万万没想到，女儿倒是安慰起自己来了。

"妈妈，女儿和你来个生死约定！"石倩忽然从妈妈的怀中站起来说。

妈妈抬起头来看了看女儿，以为女儿在说梦话，口中嘟哝道："生死约定？"

"好，我们就来个生死约定！"站在一旁的爸爸好长时间没说一句话，他听女儿再一次说"生死约定"的话，立即支持道。

"十年后再死！"女儿对着爸爸妈妈说。

"十年后也不死！"爸爸说。

"十年后也不死！"妈妈似乎听出什么味道，毫不犹豫地说。

生死约定，就是这样定下来的。

十年的路是短是长，对于一个身患癌症的人来说自在心里。最让石倩感到难以承受的是每天的化疗，一个疗程又一个疗程。刚开始，还能承受，到了后来不是呕吐就是头昏，有时气起来还拒绝化疗。妈妈安慰她，你是跟我和你爸爸有过生死约定的，要坚持治病，不然怎么能好起来呢？你看，公司的老总来看你，那么多的同学来看你，连医院的院长听说你定下了生死约定也来看你，假如你不好好治病，好好地活着，不就失信于人了吗？石倩哭了，哭得再一次躺到妈妈的怀里。

"几度风雨几度春秋，风霜雪雨搏激流……"歌声在医院的上空回荡着，病友们把鼓励的目光都投向了石倩。病友们都知道，每次化疗前，石倩就会走在医院的鹅卵石小道上，唱起这首《少年壮志不言愁》的歌儿来。唱完歌，她就一步步走向病房继续化疗。到了后来，石倩在化疗前还跑到医院的凉亭下跳起了舞。有人说，石倩的头脑是不是出了毛病？可更让人不解的是，石倩除了自己唱，自己跳外，还招来一些病友和她一起唱，一起跳呢。渐渐地，医院的住院部病区里快成了一个大型歌舞厅了。过了些日子，石倩自感自己的病情好多了。石倩在想，能为其他病友做点什么呢？她随着护士走进了其他病房，搞起了护理，这让好多人很惊讶。一个癌症病人，自己还能活多久，却帮别人干这个？看着病友们不解的目光，石倩总以笑脸作答。

"闺女啊，你在医院里，又是唱，又是跳，现在又去帮护士搞护理，真是疯疯傻傻的，你就不怕人笑话吗？"妈妈责怪女儿道。

"妈妈，我不是在践行自己的生死约定吗？一天不死，就得快乐地活着呀！"石倩边说边"哈哈"笑了起来。

"真是傻乎乎的！"

"我就是要这样傻下去！"

商场里，公园中，小河旁，人们随处都可看到石倩的身影。对于这样一个有过生死约定的女孩，都表示深深的敬意。十年已经过去了，她仍然那么精神，那么漂亮，那么迷人。一个紧追他十年的男孩，每年的情人节都为她送来一支玫瑰花，她全都欣然接受了。石倩打听到，那个男孩和自己的父母也是有过十年生死约定的。

小保姆

下班的路上，我骑着车兴冲冲地往前赶着。路过公园的拐弯时，一个小姑娘从路边走过来，拦了我的车。我紧勒车刹还是没能刹住，撞在了她的身上。我吓得头上冒了汗，连忙问伤着没有？

常站在阳台上听我唱歌的小姑娘，是隔壁邻居家刚来不久的小保姆。我们家和对门那家紧住一起，从未来往过。对那个小保姆，我从未用眼瞧她一眼。

那天早晨起床后，我走到阳台照例哼上一曲。那首曲子是刚学不久，对我来说还是有点难度的，已经练了几个早晨还有点跑调。哼完了，我伸伸手臂刚准备回屋，忽听隔壁阳台上的那小保姆大声唱起我刚才哼的曲子。浑厚的嗓音、奔放的激情，把那首曲子唱得完完美美。我被她的嗓音吸引住了，忍不住为她鼓起掌。小保姆，能有这样的好嗓子，我确实有点怀疑。

下班的路上，我骑着车兴冲冲地往前赶着。路过公园的拐弯时，一个小姑娘从路边走过来，拦了我的车。我紧勒车刹还是没能刹住，撞在了她的身上。我吓得头上冒了汗，连忙问伤着没有？她若无其事地说，没事的！你不认识我吗？我被她问得丈二和尚摸不着头脑，从未谋面，怎好认识呢？突然间，她放开喉咙唱起了我刚学的那首歌。我听得好耳熟，这声音似乎在哪儿听过。还不知道我是谁吗？他捂着嘴笑了起来说。你？你——我一时还是想不起来。隔壁邻居！她大声说。噢？是你呀？我恍然大悟。是小保姆！你怎么在这里呀？我出来买菜，走到这等你呀！一个小孩子，和我能说什么话。她又笑了，指指旁边的凳子，让我坐了下来。

小保姆叫林芬，刚满十四岁，是从乡下来的。很小的时候，她同小伙伴们常到家门前的小河边去挖野菜，割猪草。她每次都是割了满满的一篓子回家，回到家常被爸爸妈妈夸。她和小伙伴们在一起时，最让她高兴的就是一起唱歌，学着老师的样儿，有时还弄出几个节目来。这一唱一演，乐得她们笑声不断，还招来了好多大人站在一旁观赏。读到初一时，林芬已成了学校很有名气的小歌星，学校搞什么节庆活动都少不了她。她的好嗓子和她的聪明劲儿得到了好多老师的夸奖，连校长见了都要和她说上一两句话。有个舞蹈老师还准备特意培养好她，林芬很是高兴。正是林芬的花季时节，她的梦一下子被打破了。

天刚蒙蒙亮，林芬的爸爸和妈妈开着三轮车去城里拖货，开到一个拐弯处为避让一辆横穿过来的摩托车，自己的车翻进了路边的沟里。妈妈当场死亡，爸爸被摔成终身残疾。妈妈走了，林芬哭得死去活来。安葬那天，爸爸连见上妈妈一面都不能。爸爸从医院回来，已不能再下床了。林芬放学回来要照顾爸爸，还要忙着做饭。没有经济来源的家庭，生活更是艰难了。林芬决定不再上学了，去城里打工挣钱养活爸爸。爸爸听了，怎么也不同意，说她快上初三了，学一定要上。林芬不声不响地走了，她让奶奶来照顾爸爸，只身一人来到县城的职业介绍所，当起了小保姆。没想到，我哼的曲儿竟把她变成了忠实的听众，还听一首会一首。

"叔叔，你教我吧！"林芬说着说着提出了要求。

我对她说："你还想上学吗？"

"想，怎么不想呢？可我这个家——"

"你要真想，叔叔支持你！"

"你？怎么支持？"

"你每月应挣到的工钱我来付，上学钱我也帮你解决！"

"叔叔，你说的可是真的！"

"是真的！"

重又步入校门的林芬，学习成绩一路领先，我的心里和她爸爸一样高兴。很争气的林芬上了省内的一所重点大学，上了她喜爱的音乐系。刚读大二时，她参加市里青年歌手的大奖赛，一举夺冠，被送到省里参赛。经过努力，林芬又一次夺魁。鲜花一起向她涌来。好多家知名歌舞团来聘她去当演员。优厚的薪水啊，没有打动林芬的心。她给我写了一封信，在信中对我说："我很想有钱，很需要钱为爸爸做第二次，第二次手术，更需要钱来报答您，报答关心过我的人。我想，我要回到生我养我的地方，去那里培养更多的像我一样的孩子！"

读着林芬的信，我忍不住流泪了。

于无声处

几回想跟父亲张口都没好意思张的刘梦学，一心想买台电脑，可这要两千多块钱，去跟父母要钱用，实在难以启齿。母亲似乎看出儿子有什么心思，便问儿子心里是不是有什么事不好讲。

让父亲烦恼的就是这宝贝儿子，没考上大学整天闷在屋里不出来。考不上大学的人也不是你一个，有什么好丢人的呢？这书不读了，我们去学个挣钱的差事，不就得了。我这辈子不识字，后来学了个木匠手艺，不照样养活全家人，盖三间上下两层小楼吗？想到这里。父亲便叫起了儿子："梦学，出来赶个集，不要再闷在屋里了。"

躺在房中床上的刘梦学。听父亲一遍又一遍地叫自己，便回答道："我不去，我不去，不要再叫我了好不好？"

"嘿，这小子，真让人没办法！"

"真烦人！"

自那以后，父亲又催促过几回，可一点用没有。也就不再说什么了。

明知父亲是在心疼自己的刘梦学，却摆出一副不领情的样子。父亲好就好在不那么心高，一切随其自然。其实，有哪一位父亲不希望自己的儿子有出息呢？刘梦学知道自己闷在这屋中说不定要闷三年五年，没有这样的功夫是练不成手艺的。刘梦学知道自己练的这个手艺，一时两时还很难让人理解，包括自己的父亲。

除了吃饭时间，刘梦学和父母交谈上几句，要不就跑到街上的邮局转转，拎点什么书啊报啊的回来，有时还常拿一大撂信到邮局去寄。父亲不知道儿子在捣鼓什么，看上去总有点神神秘秘的。

几回想跟父亲张口都没好意思张的刘梦学，一心想买台电脑，可这要两千多块钱，去跟父母要钱用，实在难以启齿。母亲似乎看出儿子有什么心思，便问儿子心里是不是有什么事不好讲。刘梦学见母亲这样问自己，也就正好把这想法说了。母亲对儿子说，买电脑是好事，我看我们庄上有好几家都有电脑了，听说还能在上头做生意呢，儿子要买，只要是做正事，妈支持。

家里有了电脑，刘梦学很少往街上跑了。他坐在电脑前，有时一连两三个晚上不熄灯，屋里老是响起"嗒嗒"的声音。这让父亲很心疼，不睡觉玩那玩意儿，倒有什么玩头。父亲还埋怨起自己的老婆，就不该把钱给他瞎买．你看，玩坏了身子划得来吗？刘梦学的母亲被丈夫这么一说，心里也有些懊悔。

左邻右舍的人看不到刘梦学的影子，都为刘家担心。有人对刘梦学的父亲说："你儿子走出校门三年多了，也不打工，也不去学个手艺。恐怕以后对象都难找呢？"

"是啊，可我也没办法！"刘梦学的父亲叹口气道，"人家的孩子毕业了，尽管没考上大学必定能出去打工，或是学个手艺，可，可我这儿子不争气呀！"

傍晚时分，乡里的邮递员骑着车气喘吁吁地来到刘梦学的家门口，说有几张汇款单递过来，说是寄给刘梦学的。刘梦学父亲问："什么汇款单？""稿费！"邮递员回答道。"稿费，我们家没搞什么费呀？""是你儿子写书的钱。""写书？""是。""没听说他学写书这个手艺啊！"。"有多少？""共三千五百元。""不会吧，你搞没搞错呀？"

"不会错的。父亲，我学了几年写书的手艺总算成功了。"刘梦学边从屋中走出边接过父亲的话头说。

"你真学了写书的手艺?"父亲不敢相信地问。

"是的,没错!"刘梦学笑着回答道。

不要埋没自己

人们顺着小华手指的方向,大伙惊呆了,那不是市残疾人慈善协会的俞会长吗?伴着大伙的目光,俞会长用双手推转着轮椅一步一步向中央走了过来。

彩灯,绿树,红花,小狗,映在河水里的倒影,随着微波不停地晃动着。那些人影儿,更是姿态各异。

岸边的亭子下,一大堆的人正在静静地听着一首一首歌儿。这里,可是大伙自娱自乐的好场所。歌者,轮流登场。乐队,也是大家自己组合的。对美好生活的赞美,对美好明天的憧憬,皆从内心深处释放出来。当一首《望月》的歌声响起时,全场立刻鼓起了雷鸣般的掌声。

"小华这样的孩子,怎么会拄起拐杖呢?"一个老太太有点惋惜地说着。

"是啊,多漂亮的孩子啊!"一位中年妇女接着说。

"小华的嗓子这么好,要不是残疾,定会成为歌星的!"一个戴眼镜的男子道。

听着大伙的议论，站在人群后边的一位坐在轮椅上的女子流泪了。是呵，多好的闺女，怎么会成为残疾人了呢？那，那都怪自己啊。那天，自己骑着自行车送她去上学，行到一个拐弯处时，一辆摩托车飞也似的从对面开了过来，一下子把她们撞到旁边的沟里，摔成了重伤。住了好长时间的院，命保住了，可自己和女儿都成了残疾人。女儿行走要靠双拐，自己行走只能靠轮椅。有好几次，女儿搂着自己的脖子说：妈妈我不想活了，班上的同学都喊我叫"铁拐李"，我实在受不了了。自己劝女儿说，"铁拐李"可是八仙之一啊，是个人人敬重的神人啦。你要是经过努力，真的成了"铁拐李"一定会比他们强的。听了妈妈的话，女儿似有所悟地点了点头，从此不再为那"铁拐李"的名儿所烦恼了。女儿出事前一直爱唱歌，经常参加学校的演出活动，她那活泼的性格特别惹人喜爱。如今可不能让女儿消沉下去，要让她重新开朗起来。自己把女儿带过来，让她站到人前听唱歌，慢慢地又鼓励她上台唱上一两首。女儿的歌声逐渐成了大伙儿的欣赏品。每次上台，都会赢得一次又一次的掌声。不过，自己也在常常责备自己，那次送女儿上学要是迟一点，或者走其他的路，不就不会发生那样的车祸吗？

"各位叔叔阿姨，哥哥姐姐，你们好！"感谢你们这几年对我的支持、鼓励、热爱。上个星期天，我未能来给大家唱歌，我是去参加省里的一个残疾人歌手比赛的。经过多轮筛选，我荣登榜首，获得了冠军，我还被省残疾人艺术团收为正式演员。在此，我特别要感谢大家。今天啊，我还要感谢我的残疾人妈妈！是她鼓励我一步一步走了过来。我要把《烛光里的妈妈》献给妈妈和在座的各位母亲。小华的话音刚落，掌声便如潮水一般。

人们顺着小华手指的方向，大伙惊呆了，那不是市残疾人慈善协会的俞会长吗？伴着大伙的目光，俞会长用双手推转着轮椅一步一步向中央走了过来。此时，一男一女两个年轻人各手捧着一朵鲜花在人群中站了起来，直向俞会长走来。看着两个年轻人站起了身，有人走上前来搀扶起了他们。这两个是一对相恋已久的盲人，俞会长视他们为自己的亲骨肉，用自己的补偿费帮他们读完了高中，还帮他们找了一份工作。俞会长对两个年轻人说："孩子，只要努力，没有过不去的坎！"两个年轻人点了点头。

从台上走到母亲身边的小华，拉着母亲的手说："妈妈，谢谢你！""孩子，任何时候都不要埋没自己！""是的，不埋没自己！"小华、两个盲人边齐声回答边紧紧地相拥在俞会长的怀里。

此刻，全场的人齐声唱起了《好人一生平安》的歌儿来。那悦耳动听的旋律在广场上空回响着。

九十九分

走在一边的婷婷，苦拉着脸，一言不发。她的心里好似刀绞一般，这次准又被妈妈打一顿不可。都怪自己不细心，怎么会把那个别字

勾成对的呢？要不是这个错不就得满分了吗？

阳光下，刚走出教室门的孩子们便像鸟儿似的叽叽喳喳地议论开了。

"要不是这个拼音写错了，我就是一百分了。"雯雯拿着试卷对身旁的小伙伴们说。

"没想到，我这学期又被评为'三好生'。"手拿大红奖状的明明抖了两下说道。

"我要向老爸老妈报喜了，三门都是一百分！"脸上充满喜气的娇娇手舞足蹈地说着。

走在一边的婷婷，苦拉着脸，一言不发。她的心里好似刀绞一般，这次准又被妈妈打一顿不可。都怪自己不细心，怎么会把那个别字勾成对的呢？要不是这个错不就得满分了吗？婷婷边看自己的试卷边用小手在自己的头上敲了一下又一下。

"娇娇，考得怎么样啦？"站在树荫下的一位约莫三十多岁的女子在大声喊着。

"妈妈，我的三门全考了一百分。"娇娇边跑边回答道。

"宝贝啊，你又给妈妈争脸了！"

"妈妈，这叫争什么脸呀？"

"这就叫争脸，妈妈在别人面前可以扬眉吐气啦！"

"妈妈，你不可这样说。"

"就是扬眉吐气！"

娇娇不再吱声。

"明明啦，这学期评上了吗？"明明的妈妈刚看到走过来的明明就叫了起来。

"又是三好生！"明明抖了抖手中的奖状回答道。

"明明啦，你可是三连冠啦！"

"是的，你可要奖励我哦。"

"妈妈带你去吃肯德基，妈妈带你去看大海，妈妈带你去……"

"你可要说话算数！"

"我一定算数！"

明明笑了。

"翠翠，怎么不高兴啦？"翠翠的妈妈朝翠翠看了看说。

"我没考好，才得 98 分。"翠翠回答道。

"考 98 分更有追赶的余地啊，下次再努力！"

"我没给妈妈争脸，没得满分。"

"妈妈非常满意，下次细心点！"

翠翠边听边爬进了妈妈的车子。

"婷婷啦，你不会再让我失望吧！"婷婷的妈妈边说边向婷婷走来。

"我——我——我只差一分就满分。"婷婷一步一挪地向妈妈跟前边走边说。

"什么只差一分，你怎么就不能放颗卫星，让我在人面前挺直腰杆走路呢？"

"我下次——"

"你总是下次下次，你要下到什么时候啊？你是不是要让我的头发等白了啊？"

"我，我——"

婷婷的妈妈一把揪过婷婷的耳朵拧了起来，还用脚揣了婷婷两下。婷婷边哭边向一旁人的身后躲着。

"你怎么能这样打孩子呢？""你打孩子就能把满分打来吗？""你这样打孩子太伤孩子的心了。""你这样的妈妈本身就有责任，孩子考了99分还要怎么样呢？"围过来的家长们都在指责婷婷的妈妈。

婷婷的妈妈拉过婷婷上了车走了。

假期中的一天晚上，婷婷的妈妈坐在电视前突然看到这样一条新闻："今天下午三点二十分，希望小学三年级学生婷婷和明明、娇娇、翠翠等几个小伙伴正在小河边采野花，忽见一位在河边放鸭子的老奶奶滑入水中。受到惊吓的孩子们不知所措，婷婷见状，拿起老奶奶放鸭子的竹竿，让老奶奶紧紧拽住，慢慢地，慢慢地，婷婷和几个小伙伴将老奶奶从河中拽上了岸。老奶奶的家人赶来后，万分感谢婷婷，都夸赞婷婷的父母教育出了个好孩子。这里，我们要感谢学校，感谢婷婷的父母！"

"这是真的吗？这是真的吗？"婷婷的妈妈嘴打起了哆嗦。她走到房中向婷婷问了个究竟。

"妈妈，这是真的。"正在房中看书的婷婷对妈妈说。

"是真的？"

"是真的！"

"这该打多少分呢？"婷婷的妈妈似有所悟地向自己发问道。

军　礼

那是地震后的第二天，大强所在的老兵志愿者救援队冒着雨，徒步绕行七十公里山道来到汉川小学，刚到那里就立刻展开了救援。面埘一幢幢夷为平地的楼房和那哭声喊声呼救声，老兵们的心碎了。

"叔叔，你真的要走啊？那我什么时候才能再见到你啊？"躺在病床上的小晨听说大强叔叔要走了，两眼噙满泪花问。

"小晨，我真的要走了，我们的任务完成了，上级又交给我们新的任务，我不能再在这里了。"大强思索了好长时间还是把这消息告诉了小晨。他安慰小晨晚："我会回来看你的！"

"大强叔叔，你能不能多待两天？"

"不行，这是命令。"

"那你，你说——"

"礼物？"

"是呀！"

"我——"

一路同行

　　那是地震后的第二天，大强所在的老兵志愿者救援队冒着雨，徒步绕行七十公里山道来到汉川小学，刚到那里就立刻展开了救援。面对一幢幢夷为平地的楼房和那哭声喊声呼救声，老兵们的心碎了。他们站在雨中，不知倒塌的楼房里哪儿有活着的孩子，更不知那废墟中哪儿能有生命的希望？就在这时，从操场那边一瘸一拐地走过来三个女孩子，对大强说："叔叔，快，这大楼板下有人，他是为救我们被压在下面的。请你们快救出他！他叫小晨！"

　　"来，快过来！"在大强的召唤下，连气还没来得及喘的志愿者们立即行动了起来。

　　压在小晨身上的那块楼板好重啊！大强他们几个试了好多下，一点也不动。他们不敢太使力，害怕伤着压在下面不知是死是活的小晨。大强当机立断，在雨中跑了好几个地方终究找来了几根棍。大家拿过木棍，一起用力将楼板撬开了一道缝。就在撬开了那道缝的档儿，从楼板下面传来了"起来，不愿做……"的歌声。这歌声，让志愿者们惊呆了！

　　"叔叔，叔叔，这是小晨在唱歌！"几个头顶塑料布半躺在雨中的孩子异口同声地叫了起来。

　　"快，快使力！"大强一声喊，那缝被撬得更大些了。随之，一个人找来几块半截砖头将楼板热垫了起来。大强弯下身往里看，已看到压在里边的小晨。他们将四周的碎石块用手扒掉，慢慢地露出了一个洞。大强趴下身子，将头伸进洞内，只见一条桌腿卡在那孩子的头部。他退回来，和大家一起用力将那楼板向一边又挪动了一些，然后将自己的手伸进了洞中，把桌腿移开了。大强爬入洞中用手慢慢地将小晨拽了出来，随之被抬上了担架。神志清醒的小晨刚躺到担架上面就向志愿者叔叔行了个队礼。这一队礼，让在场的人都哭了。

地震前，坐在教室前排的小晨看到自己的桌子突然晃动起来，整个教室都在动，他被吓得跑了出来。刚跑到门外的小晨就听到身后的教学楼垮塌的声音，掉头一看，楼已倒了。灰雾中，他想回去救老师同学，可已看不到老师同学的身影。就在他不知所措时，忽然听到被楼板堵在里面的受伤同学正在呼救，他便跑过去一口气背出来四个。当他再回头去背第五个时，头顶上的楼板塌了下来，把他压在了下边。

大强他们抬着几副担架直往临时医院赶。路过山旁的小道时，余震发生了。一块石头从山坡上滚了下来，眼看就要砸到小晨的担架上。这时，抬着小晨担架的战友还一点没有察觉。大强看到后来不及想什么，让战友将自己抬的担架顶着，自己一个箭步冲过去，趴到了小晨身上，头部被那滚下来的石头砸成了重伤。战友们把大强的头包扎好，一同送往医院。当大强醒来的时候，他正和小晨躺在一起呢。

"叔叔，疼吗？"做完截肢手术后昏迷了好长时间才醒过来的小晨问。

"不疼，有你在，我一点也不疼！"大强对小晨说。

"叔叔，我听说是你为护我受了伤。你真勇敢！"

"小晨，勇敢的是你。你是个英雄！"

"叔叔，你是英雄！"

"不，孩子，你是真正的英雄！"

经过半个月的治疗，大强康复了，小晨的伤也好转了。在那段治疗的日子里，好多人来看望小晨和大强，还有好多记者来采访他们。

那天，刚挂上针的小晨问大强："叔叔，我背出来的那几个同学她们现在怎么样了？"

"小晨，她们已来看过你，可你当时还没醒过来。现在，她们的伤已好了，都被送到外省去读书了。"大强说。

"太好了，太棒了！我好了也要去读书！"小晨边说边鼓起了掌。

"待到你上学的那一天，我一定送你礼物！"大强说。

大强的伤好了，又要去参加新的救援任务。他还真舍不得离开小晨呢。

"叔叔，你要走了，可我现在还不能上学呢？那你的礼物一定要送给我哦！"小晨说。

"是！"大强像接到又一个命令似的，庄重地举起了右于，向小晨行了一个军礼！大强说："这就是叔叔送给你的礼物！"

"叔叔，你——"

病房里，人们都情不自禁地将右手举起。

一路同行

走出屋外的思思，看着小鸟在地上蹦蹦跳跳地飞来飞去，不由地想起来自祖国各地的那些小伙伴们。河北的王英、湖南的刘小强、山东的沙爱莲、安徽的应慧洁……

"喝，我们一定要喝个痛快！"思思的爸爸大声吆喝着。

"好！"众人端起酒碗干了。

立在一旁的思思看着爸爸他们喝得那个高兴劲儿，心里也甜甜的。往年，春节过后喝上这样的酒就要离家南下了，自己也会随着人潮乘车同行。到了深圳，自己便可上学了，那所学校是专为外来打工人员的子女开办的。

酒宴快结束了，可爸爸他们怎么一句不谈今年去深圳后应该怎样挣钱的事呢？往年喝这顿酒时，他们边喝边谈要比去年多挣多少，还说到年底一定要实现。今年怎么了，他们怎么一字不提，只顾拼命地喝酒呢？哎，爸爸他们是不是受到电视里说的那个什么金融危机的影响呢？对，这很有可能，我从幼儿园到上四年级，还从未见过像今年这样呵。思思眨巴着那双小眼低头不语。

走出屋外的思思，看着小鸟在地上蹦蹦跳跳地飞来飞去，不由地想起来自祖国各地的那些小伙伴们。河北的王英、湖南的刘小强、山东的沙爱莲、安徽的应慧洁……一张张小脸蛋都在思思的眼前晃动了起来。和自己同桌的郑清泉是来自江西的，放寒假时还送给自己一张贺年卡，上面写有"牛年如牛，再争第一"的祝福语。临行前，全班同学还互留了电话号码，真是热闹啊！

新春开学的时间快到了，爸爸他们还是没有一点动静，思思的心里不免有点惆怅起来。同村的小伙伴来找思思玩，问她怎么到现在还没走？是不是深圳那边开学迟？思思回答说，爸爸妈妈不走，我怎么走啊？那你不能问问你爸爸什么时候走吗？我知道爸爸着急，可又不好问。为什么？都怪那什么金融危机闹的。金融危机能闹什么呀？它把好多厂子给闹停了。这么坏呀？是啊，所以我不好追问爸爸。那你不走，就到我们学校去上吧？能收我吗？能！好，那我去试试！

躺在沙发上的思思的爸爸，唉声叹气，不知怎么办是好？他愁的，倒不是自己去不了深圳，愁就愁这女儿思思到哪儿去上学呢？思思从上幼儿园就在深圳那所为外来打工子女办的学校上的，和那里的小朋友处得可好呢！老师也都喜欢她！假如找人到乡里的小学去上，她能适应这里的环境吗？能和这里的小朋友处得来吗？如不适应，对她的成绩将会有一定影响的。到城里去上，自己现在还没找到打工的地方，哪有那么多钱供她花呢？到乡小学去上，该找谁呢？离家这么多年，两个熟悉的老师早调走了。嘿，到底去找谁呢？

"爸，爸爸，你看谁来啦？"思思在门外叫道。

"谁呀？"思思的爸爸立即迎出门外。他一看，一趟小朋友的中间还有两位老师模样的人正向他家走来。

"爸，这是乡中心小学的王校长！那是田老师！"

"王校长好，田老师好！请屋里坐！"思思的爸爸热情地招呼着。

"好，好，你好！"王校长边说边与思思的爸爸握了握手。

刚坐下的王校长便对思思的爸爸说："受金融危机影响，你们今年看来还得在本地找活干了。孩子读书的事你放心，就交给我们吧。吃和住都在学校，费用由学校补贴，你就安心找工作吧。孩子开学就去报到！"

"太谢谢啦，太谢谢啦！"思思的爸爸连连点头道。这下可好了，思思上学的事有着落了。他拉着王校长的手说："你真是给我们送来了及时雨啊。那天，我们几个在外打工的聚在一起，不愁没工做，就愁孩子没地方读书啊。这下好了，我们可安心了！"

听着王校长和思思爸爸的谈话，围在一旁的孩子们都笑了，还情不自禁地鼓起了掌。

星期天的下午，正在家中看课外书的思思，突然听到电话铃声响起。她拿过话筒一听，是自己在深圳上学的同桌。他告诉她，全班只有六个同学没有过来，其余的都来了。他告诉她，同学们都很想念她，盼望思思能继续过来。思思听了，心头一震，泪水忍不住流了出来。她哽咽着说："我也想念同学们！"就在这时，对方在话筒里传来了同一个声音："我们想念你！"思思说："谢谢，谢谢同学们，我一定会过去的！我告诉你们，爸爸妈妈都在当地也找到活干了，我在学校里也很好。希望同学们与我多通电话，多联系！"

自那次通了电话以后，思思每隔一段时间就要打一次，相互问候，相互鼓励。思思已把自己就读的这个班级与在深圳就读时的那个班级结成了友好班级呢！

船到弯口

穿上洋装的姑娘们从屋里走了出来。她们有的露着肚脐，有的

露着大腿，有的露着乳沟，还有的后背没一根布纱。看着自己穿上洋装的样子，个个脸都红得像辣椒，赶紧掉转头跑回屋里脱了。

跑了一天的丁大方走到一棵大树下便一屁股坐了下来。他脱下鞋子想让脚透透气，那袜子臭得实在不可闻，再脱下袜子，一看脚底板已磨出了几个泡子。真算倒霉，跑了这么多的路连一件货也没抛出去，实在是冤枉。丁大方叹了口气，浑身像散了架似的，一点儿力气也没有了。口干舌燥的丁大方向四周望了望，庄子离这里都很远，只有见到人家才能讨到水喝，现在还得忍着。两只眼皮直打架，很想睡上一觉。可这天色渐晚，还得要赶路，不能倒下去，要不然就赶不上进城的车子了。

从职校毕业回家的丁大方一心要干出点名堂来。他在学校里是学服装设计的，便在城里租了间房子，开起了洋装店。经过精心谋划，他设计出了几套洋装，款式很新颖。他捉摸着，现在乡下人富了，吃穿也都讲究了，若是穿上我这小洋装定会感到时髦，一传十，十传百，我的产品肯定会供不应求的。他带上自己的产品，真的到离县城四十里外的乡下去推销了。

下了车的丁大方老远看到有个村子全是一式的楼房，便走过来了。来到村子前，丁大方看见一座楼房前有几个姑娘在说说笑笑，马就凑了过去。刚跟几位姑娘打了招呼，姑娘们你看看我，我看看你，还"哈哈哈"地笑了起来。丁大方不知姑娘为啥这样笑，朝自己的身上看了看，觉得衣服还穿得整齐，那她们笑什么呢？后来他才得知，自己挎的包是女孩子挎的，顿时脸红了起来。丁大方向姑娘们说，自己是来推销洋装的。听说是洋装，姑娘们便嚷着叫拿出来看看。看得有些爱不释手的姑娘们又你看看我，我看看你，朝丁大方笑了起来。有个姑娘问："你做的？""是，我做的。"丁大方答道。"原来你是个会做衣服的大姑娘啊，怎么冒充成小伙子了？"姑娘们边说边笑成了一锅粥。丁大方张了好半天嘴，说不出话来。"你们可以把衣服拿到屋里试试！"丁大方好不容易想起这句话。

穿上洋装的姑娘们从屋里走了出来。她们有的露着肚脐，有的露着大腿，有的露着乳沟，还有的后背没一根布纱。看着自己穿上洋装的样子，个个脸都红得像辣椒，赶紧掉转头跑回屋里脱了。丁大方连问一声"怎么样"都没来得及，姑娘们已把衣服扔到他的怀中。"臭！臭！臭！"姑娘们嘴里边骂着边转身回屋去了。

收拾好衣服的丁大方心想：第一笔生意没做成，第二笔、第三笔还不成吗？他曾听老师说，推销产品要的是耐心，不能急于求成。丁大方鼓了鼓勇气，又挎起包向前走着。走着、走着，他从窗户外看见一个姑娘在楼上看电视，便打了声招呼。姑娘开了门将他让进了屋，还倒了杯茶给他。丁大方开门见山地让那姑娘试试自己的洋装，姑娘走进房中便穿了起来。穿洋装的姑娘对丁大方说："穿这样的衣服在乡下能不被人骂吗？不行！"眼见第二炮哑了，丁大方收拾起衣服向门外走去。

丁大方边走边想，看来这个村子的人家虽然很富，可脑瓜子太封建，还没开放，得到另一个村子去。一连跑了十几个村子，拿洋装试的人不少，可一件也没推销出去，真是懊恼极了。

就在丁大方跑过的村子中，有个在外当了好多年推销员的柳阿妹，在旁边只是看，什么话也没说。丁大方走后第二天，柳阿妹来到丁大方洋装店对丁大方说，你搞设计是块料子，你搞推销还欠火候。这样吧，我们俩合作，你管做，我来给你推销。本已灰心的丁大方正准备将洋装改做普通服装，被这么一说，真是求之不得。经过商定，柳阿妹让丁大方赶做一百套洋装，需急用。丁大方听说做一百套，可来了精神，一定按时交货。

柳阿妹在县城举办的"时髦洋装节"期间，来了一百个乡下姑娘表演洋装，这可招来了城里城外的人，一睹乡下姑娘的风韵。看了乡下姑娘穿的服装，城里的姑娘们也都眼馋起来。城里的商场没见过有这样款式的，都争着打听在哪里预订的。服装节过后，丁大方洋装店的订单达到了两万六千套。这个数字让丁大方细细想来眼都不敢睁，他把那一百位参加表演的姑娘全都留了下来免费培训一番，当起了自己的工人，又在附近租了个厂房大干起来了。

正式投产那天，丁大方对柳阿妹说，"没想到，没想到，真是船到弯口——"

"哎，到了弯口自然直吗。"柳阿妹笑了笑说。

车到山前

女儿真的去考公务员了，天刚亮走的。这到底是不是在做梦呢？康大伯和那天逮公鸡一样，根本就一夜没睡，一直在捉摸女儿的事。快天亮了，他早早地叫醒孩子他妈，赶快做饭给孩子吃。

康大伯天还没亮就爬了起来。他走到鸡窝旁抓了四只还不会叫的公鸡，用事先准备好的细绳子给扣了起来，放在院中央的一个角落里。

喘了口气的康大伯并没有急着回屋，而是在院子里来回转悠了起来。他心里在思忖，女儿大学快毕业了，我总算熬出了头。现在啊，也该我为她的工作张罗了。现在的大学生可不是以前的皇帝女儿，听说那工作不太好找。要说这事也怪，识了那么多的字，怎么就不好找工作呢？只要有真本事就不用愁。就说我自己吧，只念个小学毕业，就能把地种得比人好。锄草、施肥、喷药什么的，我可比人强多了，收成年年季季比别人好，关键要会干巧干。照我看，读了四年大学能不能把那学到的知识派上用场，就得要看你的本事了。哎，这话又怎么说呢，女儿的书总归不能白读，还得托托关系，打通打通门路。等天亮去找她在县里工作的表舅，让他想想法子。说这四只公鸡礼还少了点，到街上再买箱酒带上。

将车骑到县城，康大伯的脸上已是满脸汗水。他下了车，用手拍了拍装在口袋里的鸡是不是都还喘着气。他这一拍，四只公鸡边叫边往外挺。康大伯见那几只鸡还活蹦乱跳的，笑了笑。他把车架在路边，走进一家商店买了一箱酒，用绳子绑到了自行车后座上，又上路了。

中午，康大伯是在女儿表舅家吃的饭。那表舅听了从农村来的大表哥的请求之后，略有难色地说，难处是有的，我尽量想办法。康大伯好言相求，要表舅多多帮忙，给女儿找个好工作，好消除自己的一块心病。临别时，女儿表舅很感谢这大表哥所送的礼物。康大伯连声说，乡下没什么好送的，这公鸡没喂洋饲料，肉肯定好吃。

眼见女儿毕业快半年了，她表舅为女儿找工作的一点消息也没有，康大伯等得实在有些着急。他想进城去看看到底有什么说法，可女儿不让去，说人家肯定有难处，要不然，还能不带话过来吗？康大伯想想也是，我是送了他礼的，他肯定会尽力的，看来难处还是不小哇。他看了看女儿一点也不着急的样儿，心里也就忍下来了。

刚走到屋中的康大伯，忽听电话响了起来，他赶紧抓起电话接听起来。细一听，是女儿表舅打过来的，激动得手有些发抖。女儿表舅告诉他，找工作有点眉目，不过先得花点钱。康大伯问要花多少，对方告诉他要花万把块这样。康大伯一听跌倒在身边的床上，女儿上大学，外边还欠一万多块债，这钱从哪儿来呀？他慢慢地放下了话筒。

知道细情的女儿对父亲说，老爸，不用愁，你不是说过活人嘴里还能长青草吗？你放心，我不用你再操心，再去花钱找工作，我要凭自己的实力去找。凭实力，你一个读书娃有什么实力？康大伯睁大两眼有点不相信。老爸，你要相信女儿，我这半年一直未丢下书本呢。女儿很自信地说。还看书干什么？父亲问。我要去考公务员。女儿答道。听了女儿的话，康大伯笑了笑说，一个农村娃子念了几年书，还想考公务员，别做这个梦吧，那碗饭不是我们乡下人吃的。我一定能吃得上。女儿答道。

女儿真的去考公务员了，天刚亮走的。这到底是不是在做梦呢？康大伯和那天逮公鸡一样，根本就一夜没睡，一直在捉摸女儿的事。快天亮了，他早早地叫醒孩子他妈，赶快做饭给孩子吃。头天晚上，他和孩子妈忙了头两个小时，包了好多弯弯顺，留早上煮给女儿吃，好让女儿一切顺心，如愿以偿。女儿看着桌上盛好的弯弯顺，向爸爸妈妈笑了笑。

女儿体检那天，康大伯对孩子妈说，没想到，没想到，没想到女儿还真有点实力，这么多人都没考过她。孩子妈眨巴眨巴眼睛说，你不能瞧不起女儿。

听说女儿被正式录用为公务员，康大伯的心仍是放不下，不相信这会是真的。女儿走过来对他说，老爸，你不常说车到山前必有路吗？

康大伯点了点头。

捡易拉罐的女孩

回想起自己的求学生涯，已经做了公司董事长的萍萍，不觉感慨万千。她请朋友为自己做了一只精美的易拉罐花瓶放在自己的办公桌前。

萍萍又迟到了。

正在讲台前上课的汪老师朝萍萍看了一眼，皱下眉头，挥挥手示意让她进来。

刚坐到座位上的萍萍抬眼看了一下黑板，几个白粉笔字映入了她的眼帘：自觉守纪。萍萍不觉脸红了起来，心也急促地跳动着。

"同学们将课题齐读一遍！"老师说。

"自觉守纪！"同学们的声音整齐洪亮。

"大家读得很整齐，《自觉守纪》在《小学生守则》里有明确要求我们一定要照着做，不能随便迟到、早退。"老师平静地说。

听着老师的话，萍萍觉得老师就是在对自己讲的。这次迟到已是她本学期第 36 次迟到。萍萍知道，要是别的同学，老师早在全班同学面前批评了，对于自己，凡给自己上课的老师都是原谅的。不过，萍萍自这次以后，就再也没迟到过。

自从萍萍的父母离异以后，萍萍一直是和奶奶生活在一起的。

萍萍看着日渐消瘦的奶奶心里很是心疼。她知道奶奶是在为家里的生活和自己的学费而犯愁的。那天，她在同学家玩，听人家讲扔掉的易拉罐能卖钱，就去捡了。头一回萍萍捡了 40 个，卖了两块钱，真是乐坏了。她把两块钱交给奶奶，奶奶也高兴坏了。从此，萍萍和易拉罐结下了不解之缘。

读到小学五年级时，萍萍捡的易拉罐可拖两大汽车。奶奶看萍萍每天上学放学的路上都要忙着捡易拉罐，怕误了学业，四年级时就不让捡了。萍萍劝奶奶说："没事的，不会误了学习的。"奶奶对萍萍说："你捡的易拉罐不仅交了学费，还给家里弄来了零花钱，可这样下去奶奶心里不忍啦！"萍萍说："奶奶不能这么说，我是用双手去捡来的，这没什么呀。"奶奶说："天天捡这个，不是丢人吗？"萍萍说："我是通过双手劳动得来的，怎么会丢人呢？"奶奶搂着萍萍哭了。

有一回，也就是刚读初二的时候，萍萍为与人家争一个易拉罐，把人家的手划破了。人家跑到学校找班主任汪老师评理，汪老师听了以后，不声不响地将那个人带到校医务室给包扎好了，还给付了药费。这事过去以后，萍萍的心里一直很不安，她想这下学校里的人准知道她每天在捡易拉罐。其实，萍萍在读初一的时候，老师们已知道她捡易拉罐这个事，不过没声张。汪老师对萍萍说："你是个好学生，将来一定会有出息的，不过学习可不能放松啊。"萍萍十分认真地点了点头。

老师的话一直回响在萍萍的心头，激励她读完了县重点中学，又考上了一所名牌大学。到读大一时，萍萍才没捡易拉罐，而是靠奖学金维持自己的学业，没让奶奶费心。

回想起自己的求学生涯，已经做了公司董事长的萍萍，不觉感慨万千。她请朋友为自己做了一只精美的易拉罐花瓶放在自己的办公桌前。每天一上班，她都要深情地凝视那只易拉罐花瓶。她常对下属讲，我的公司就是靠易拉罐精神起家、发展、壮大的。没有它，很难有今天的事业。

那天，母校请萍萍去作报告，萍萍走上讲台，向校友、老师和校长敬了礼后，一句话也没讲，从包中拿出十一个易拉罐放到讲台上。她说："这是我求学十一年留下的足迹，希望同学们能从中悟出点什么。"顿时，全场掌声如潮。

讨 奶

睐妹在班里是个能歌善舞的冒尖生，又是班长，很受老师宠爱。睐妹和班里的同学处得也好，好多事大家都听她的，班里不管什么事，只要她说了，一呼百应。

睐妹出生那天，母亲走了，是奶奶把她一手拉扯大的。

前后三庄的人都知道，奶奶抱着刚出世的睐妹跑了这庄跑那庄，到人家里讨奶水给睐妹吃。好多人看睐妹可怜，刚出世就没了妈妈，都愿意把自己孩子的奶水匀给睐妹吃。

靠近睐妹家不远的胡中跃生了个儿子，不到三个月时，睡到半夜被老婆的手给压死了。睐妹的奶奶到他家去讨奶，胡中跃老婆一口答应下来，还让睐妹的奶奶把睐妹就放在她家喂。睐妹的奶奶不放心，每天都抱着睐妹来回跑上好几趟，一连在胡中跃家喂上好几个月。吃了奶水的睐妹，长得又白又胖，十分讨人喜欢。

长到七岁那年，睐妹上学了，又是奶奶把她送进学校大门的。当时，父亲要带她去，她不要，说要奶奶带去。报了名，奶奶回去了。从那时起，睐妹便和周围庄上的小朋友一起上学，一起回家。

睐妹在班里是个能歌善舞的冒尖生，又是班长，很受老师宠爱。睐妹和班里的同学处得也好，好多事大家都听她的，班里不管什么事，只要她说了，一呼百应。到了自习课，老师就让睐妹带领同学在教室里读书，背书，写字，听写，有时还唱唱歌，班里不会出一点乱子。

一天，班里出事了！住在睐妹家前面的胡虎，与睐妹同班，上自习课时在班里大声喧哗，被睐妹批评了一句。哪知胡虎说："你是我妹妹，不该批评我！"

听了这话，全班的人都很震惊，睐妹也睁着一双小眼，眨了半天说："我怎么会是你妹妹？""我妈说的，你吃过我妈的奶！"胡虎的话搅得全班同学地笑成了一锅粥。这时，胡虎站到桌子上，大喊一声道："笑什么，你们都笑什么？有什么可笑的！"班级里立刻静了下来。胡虎接着说："我妈说的，吃过了我妈的奶，就是我的妹妹，是我的妹妹就不该批评我。""睐妹也吃过我妈妈的奶，为什么她是你的妹妹？""我妈的奶她也吃过，那不也成了我的妹妹吗？"教室里又乱了起来。看着教室里乱成这样，睬妹"哇——"地一声哭了起来，边哭边跑出了教室。

放学回到家的睬妹，一头扑进奶奶的怀里，边哭边向奶奶倒出了教室里的那一幕。奶奶搂着睬妹说："好孙女，不要哭。那么多人要你做妹妹，说明你是个好孩子。你想想，庄里头的小痴子有没有人要她做妹妹呢？"听了奶奶的话，睬妹抬起头，望了望奶奶说："那我能做他们的妹妹吗？""当然能，越多越好，那样，才不会有人欺负你。"睬妹擦了擦眼泪笑了。

转眼已到了二十多岁，前后三庄一直称睬妹为自己妹妹的还有十几个人。这十几个人都是和睬妹同一年出生的。他们读完初中，就都没再上学，回村种田了。睬妹呢，在社教运动中，表现突出，入了党，当上了大队团书记，后来干起了大队书记。她这个书记，在公社里可是个大红人，经常得县里的奖励，还到省里开过会。

"文革"中，有一个造反派说睬妹干书记时走的是资本主义路线，要揪出来游街批斗。另一个都是睬妹的同学组成的造反派站出来说："睬妹是我们的妹妹，谁要批斗她，我们就不饶谁。"这话还就管用，睬妹没挨批斗过一次。

奶奶偷偷地对睬妹说："这就是讨奶讨出来的好处。"睬妹亲了亲奶奶，不觉中哭了起来。她知道，奶奶为自己不知吃了多少苦啊。后来，睬妹的书记一直干到九十年代，还转了正，调到乡里当了民政助理。

皇帝女儿

自己的公司要是按原来的路子走下去，要不了几年就可能垮掉。要上技改项目，那可得要投资好几百万元啦。这个数字，几乎占去了我近半年的利润。不上，将来定要吃苦头，上了，就得有一笔很大的开销。真是难啦！

从国外考察回来，毕大明就忧愁了。原先，他一直认为，自己的产品享誉市场，无法满足供应。现在看来，危机还存在其中，确实是个应值得重视的难题呀！

说实在的，要不是这次出去走走，毕大明仍会同以前一样趾高气扬。他想，从技改这个角度来讲，自己考虑得很少，认为只要产品销路好，能赚到票子，就达到目的了。可人家国外的几家生产同类产品的公司把技改工作已做得超前，那后劲可十足啊。自己的公司要是按原来的路子走下去，要不了几年就可能垮掉。要上技改项目，那可得要投资好几百万元啦。这个数字，几乎占去了我近半年的利润。不上，将来定要吃苦头，上了，就得有一笔很大的开销。真是难啦！

听说毕大明在为上技改项目而左右为难，老经理走过来说："大明，我们公司是老字号品牌，生产几十年了也没谈什么技改，你从哪想起这个心思的呢？要上技改项目得好多好多钱，有这个必须吗？

要上，在我手里就上了。"

"话是这么说，可以后的发展就要受到限制，没后劲啦！"毕大明皱了皱眉头说。

"只要现在赚钱，何须考虑那么多呢？"

"不能这么说，老经理！"从身后走过来的女技术员小华插话道，"我早就建议要上这个技改项目，公司迟迟没有答应。现在毕总到国外考察了一下，才认识到它的重要性。这非上不可，若现在不上恐怕等不到几年以后，你的产品就站不住脚了。现在上，已经不算早了！"

"是啊，我们公司的产品早就赶不上人家的质量了。若不上技改项目，肯定不行。"毕大明似有所悟地说。

"我们的产品一直是皇帝的女儿，这都几十年了，从未听任何人讲过质量有问题。现在提这干什么呢？"老经理坚持说。

"老经理，我们的产品现在是皇帝的女儿，可以后呢？现在科技发展快，环保要求高，不趁早着手，我们将来肯定会吃亏的。"小华边解释边劝说道。

"还得要上！"毕大明坚定地说。

"我不阻拦你们啦！"老经理转身走了，嘴里还嘟嘟囔囔地说，"纯粹是有钱没地方花！"

看着老经理远去的背影，毕大明和小华相互点了点头。

手拿技改部门通知的技术部部长李锐急匆匆地跑到毕经理办公室说："质检部门要我们赶快进行技改，质量隐患已经显现！"

"来得好快啊！"毕大明自语道。

"毕经理，已有两家客户要求退回订单，说我们的产品经检测有个环保系数未达标！"供销科长路远走进来说。

"真的发生了，还这么快！"毕大明敲了敲办公桌说。

正在办公室里为上技改项目的资金而发愁的毕大明，忽见老经理推门走了进来说："大明啊，看来皇帝的女儿也要学乖了，还是你和小华说得对啊。这技改项目得赶快上，我给你筹集了一百万元，先用上！"

毕大明见老经理把一百万元的转账支票递到自己的手上，不知怎么感激是好："老经理，这钱我还你利息！"

"什么利息啊，这是我从我儿子公司借来的，你赶快上项目！"

"是，是！"

五个月过去了，毕大明的公司所上的技改项目顺利通过验收。他将这个喜讯从网上发到所有客户的手中，赢来客户的一片赞誉，续签订单的客户几乎把毕大明两年的产品全都包下了。那些悬着心的工人们一下子全都乐开了花。

老经理笑着说："我们的产品，这下才真的成了皇帝的女儿啦！"

亮在心头的灯火

一手拎着簸箕，一手握着扫把，力强来回走动在校园里的角角落落。和几年前相比，力强很难在地上捡到什么杂物。他知道，这是学子们用无声的行动在帮着自己呢。

熄灯的时间快到了，管理员佟卫不忍心让力叔离开，他说不定又迷上了一个离奇古怪的情节呢。

坐在图书馆一角的力强正在阅读《钢铁是怎样炼成的》这本书。他那专注的神情，让那些年轻的学子无不伸出赞许的大拇指。

从走进图书馆那一晚开始，力强就一直坐在那个位置上。来图书馆借阅图书的人都知道那是力强的位置，没一个人去占用。

能见到这么大一个图书馆，能读到这么多的书，这对力强来说连做梦都是没有想到的啊。他来这个图书馆读书，已快十一个年头了。

说来也是一种缘份，十一年前，经朋友介绍，他来到了浙南大学当了一名清洁工。忙了一天的力强，晚上见图书馆里的人进进出出，有借书的，有还书的，自己也走了进去。

书，这么多的书，让力强眼前一亮，浑身的热血也顿时涌动起来，活到五十岁了，还能见到这么多的书，真是三生有幸啦。从那天起，力强办了借书证后就在图书馆的一角坐了下来。

那种对书的渴望，对书的钟爱，对书的痴情，就如同把它视为自己的生命一样。这，就是好多人看到的力强。

认定自己这辈子与书无缘的力强，还是在小学三年级的事。那时，患有先天残疾的力强，心里一直闷着一口气。

学校里组织文艺宣传队，爱唱歌的力强一心想加入，可老师说他身体形象欠佳，不能入选。学校选拔运动员，力强也想参加，还是被拒之门外。这，伤透了力强的心。

升入四年级的力强，并没有走进教室的门。呆在家里的力强，任凭父母怎么劝说，一点也没有动心。他说，他在家里自己学，再不进学校那个门。

望着儿子躲在屋里连门都不出，父亲不觉流下了两行热泪。父亲不止一次责备自己，怎么没给儿子一个好身体呢？怎么给儿子一腿长一腿短的身材呢？长出这么个样子，哪个会喜欢呢？认了，认了，就让他呆在家里吧。

父亲每次从街上回来，力强问的第一句就是："又给我带什么新书回来？"

听了儿子的问话，父亲常常是难以回答，能买到的书都买过了，实在是买不到新的了。

一本《岳飞传》，力强已看有十几遍了。看这样的书，多亏父亲用过的那本字典，不认识的字都被一一消灭了。可这本书，是父亲从一个亲戚家借来的，要是自己家能有这本书多好啊。

看出了儿子的心思，父亲就悄悄地来与亲戚商议长期借书的事。

亲戚听说他家的儿子年龄不大，就这么爱书，当下一口答应把书送给了力强。父亲说，以后如有机会一定买本新的还上。

正准备让父亲去买笔和纸回来抄录这本书的力强，听说人家已决定把书送给自己，高兴得两三个晚上都没睡着觉。

夏日的夜晚，从外面走来一个说书的瞎子，到村上来说《杨家将》。力强跟父亲一直听到夜里下一点，没有一点困意，还想往下听。一连听了好几晚，力强越听越觉得这书说得好啊。

翻来覆去睡不着觉的力强，心里在想我要是把《岳飞传》说给大伙听，大伙一定高兴。

听儿子说出自己的心思以后，便约了几个爱听书的人过来听儿子说《岳飞传》。不听不知道，可把大伙给乐坏了。没想到这么大一点的人能把书说得这么好，实在是让人没想到。

爱看书，会说书，力强的名字传得越来越响。力强自己也没有想到，说书还能养活自己。二十八岁那年，邻村的一个姑娘找到他，要和他结为夫妻。力强连忙说不行，不行，我决不拖累任何一个人。姑娘铁了心，就是认上他。力强无话可回了，当年就办了简单的婚礼。

有了孩子的力强，身上的担子似乎重了一些，走进了一家厂子干起了合同工。那个厂是造拖拉机配件的。在那里，力强一干就是15年，还当上了技术攻关小组组长。改制了，下岗了，力强来到了浙南大学当了一名清洁工。工资不算高，养活自己没问题，还能贴补点家用。

遇到这么多书，这对力强来说，梦是不可能做到的。白天干活，晚上在书海里畅游，这才算是缘分吧。

被学子们称为"书霸"的力强，令大学生们从他的身上汲取了无穷的力量。"力强读书会"把好多学子都引了进来，成为了校园里一道亮丽的风景。

一手拎着簸箕，一手握着扫把，力强来回走动在校园里的角角落落。和几年前相比，力强很难捡到地上有什么杂物。他知道，这是学子们用无声的行动在帮着自己呢。

"力叔，力叔，快 12 点了，能收工了吧？"管理员佟卫走到力强身边轻轻地说。

"啊！对不起，对不起，又让你迟下班了。还有几句记下来就好！"力强十分感激地说着。

"力叔，你手里的这是第几本笔记啊？"

"不好意思，第 76 本。"

"这些年，你在图书馆读了多少本书能记得吗？"

"我有记录，都在这本子里，一共 2806 本！"

"力叔，你是在与时间赛跑啊！"

"我要把这读书笔记传给我的儿子，让他能懂得，知识是好东西啊。要懂得积累，用起来才会方便些。"

"力叔，你真让我们佩服！"

"没什么，我就喜欢读书，越读觉得心里头越亮堂！过去想读还没书读呢！"

一路同行

　　走出图书馆的力强，像往日一样伸了伸腰，迈着高低不一的双脚向前走着。路两旁的灯光，就像亮在他心头的一团火。

第三辑 履痕篇

汪大水见到老和尚，刚想抬手，已无一点力气，忍气吞声地坐了下来。老和尚问，你想学天灵寺的绝招吗？汪大水回说，是的。你学这绝招干什么？称霸武林，独行天下。独行天下干什么？无人能比。就为了这个？是。实话告诉你，就是教给你天灵寺绝招，你也称霸不了武林。为什么？除了天灵寺的绝招，你知道还有比天灵寺更厉害的绝招吗？不知道，那又是什么样的绝招呢？我只听说过，也很难学到。那又是什么样的绝招，这么难学啊？那已到了出神入化的绝顶地步，无人能敌！汪大水求老和尚告知。老和尚告诉他两个字：微笑！

跑　步

开心老人原在兴隆镇做书记。在任上，他竭尽全力给老百姓办事。要造福一方，就得招商引资，才会有大的发展，这是开心书记到了年过半百之后才悟得的真谛。

古道山庄是黄河滩出了名的老人乐园。

开心老人，每到中午便来这里跑步。老人们跑步只为练练身子骨。可开心老人跑步与众人不同，很有些特别。别的老人都是早晨来跑步，他中午来。别的老人在公园里跑上好几圈，他来来回回只跑四个点。

常在一起逗乐的老人们，总觉得刚来这里跑步的开心老人有点怪，怎么就与众不同呢？有人问开心老人这是怎么回事，他笑笑便过去了。到了后来，人们习以为常，也就不再问了。

开心老人原在兴隆镇做书记。在任上，他竭尽全力给老百姓办事。要造福一方，就得招商引资，才会有大的发展，这是开心书记到了年过半百之后才悟得的真谛。淮杭缫丝厂、兴达胶合板厂、天河印务股份有限公司、威尼斯娱乐城等十几家招商引资项目，全是开心书记的得意之作。不过，一回想起这些企业的创办，实属不易。走过来的路啊，真叫人难以想象。

镇里招商引资刚开始，有个浙江的老板到镇里来考察，准备投资五千万元办个编织带袋厂。确巧那天中午，省里的扶贫工作队一行人来落实项目，市里搞农业开发的领导来看进展情况，县里的低产田改造评估组来核查地块，开心老人当时想，这些财神爷都不能怠慢。上午 10 点刚过，他的头脑里盘算起中午的饭局。现在镇上的几家酒店，每家都只有一间好的客厅，得把他们分别安排在镇上最好的四家酒店。开席了，开心书记便从省到县，按着顺序，依次敬酒。敬酒时，他自己按自定的规矩，只喝白开水。待他敬了这家到那家，把三级领导的酒敬完后，再来到招待浙江老板的酒楼里敬酒时，已见人皆散去。开心书记问，酒店里的人是怎么回事，酒店老板说："那位客人说你办事效率低，敬三桌酒用了近一个小时，人家等得实在急了，将饭钱付清后走了。我们留也没留住。"开心书记听了，自己端起酒杯，破例地喝了四杯辣酒，随之又用拳头狠狠敲了两下自己的脑袋。

自那以后，开心书记便在镇上的这四家酒店做起了文章。每到中午遇有来客敬酒时，超过一桌的每桌不超过十分钟，确保在短时间内完成任务，以提高办事效率。敬酒，不但要把敬酒的时间算好，还要把走路的时间算准。敬酒，每桌十分钟实在是难。难，也要办。为节约时间，开心书记开始练习跑起步来。每桌敬八杯酒或十六杯酒，各要多长时间，这家酒店到那家酒店应要多长时间，跑多少步，开心书记进行了严格训练。功夫不负有心人。开心书记对自己的成功十分满意，每次上头来人，或者客商来考察，他都把酒敬得步步到位，让客人满意而归。客人们都说，开心书记办事效率高，真叫人佩服。后来，到镇上来考察的客商们，看开心书记办事效率高，都乐意在这里投资兴业，大展宏图。一时间，兴隆镇的招商引资在全市挂上了号，参观者可谓络绎不绝。那些来取经的人问起经验，开心书记总是回答一句话："我是练就跑步的功夫后才引来众多客商的。"

如今，开心书记退了下来，可他雷厉风行的办事作风从未改变过。他按过去的方位，在老人乐园里画了四个点，作为自己锻炼长跑的四个接棒点。每到中午，开心老人便到这里来跑步，只不过少了敬酒这一环节。

买　房

　　曾在生意场上摔打了近二十年的陈浩，闲下来就敲自己的脑袋。他有时候还诅咒自己几句："傻蛋，纯粹是个傻蛋！"

　　陈浩骂自己是何苦呢？四年前，老婆知道陈浩手里结余了三十万块钱存在银行里，手头还有十万块用于生意上的周转。她对陈浩讲："儿子已大了，我们这房子已不能住了，赶紧拿那存款买套新房吧。"

　　听了老婆的话，陈浩将眼皮翻了几下，又将手指弯来弯去算了一番后说："以前房子卖五六百一平米，眼下卖到八九百，这房价涨得太高了。等等，到明年肯定会降价。"

　　"也好，等明年降了价再买。"老婆也嫌有点贵，盼望能等个好价钱。

　　"就这样！"陈浩看老婆和自己的意见一致，高兴地说了一句。

　　坐在车上的陈浩，和几个同行的朋友聊起了买房的事。陈浩听说有两个朋友已在新开发的楼盘中买了房，便问起了价格，当听说每平米买了九百多块钱时，陈浩笑道："你们怎这么痴啊，拿这么高的价钱买房啊？明年降了价，你们可吃亏了。"

　　"是的，我们也觉得有点吃亏了。"那两个买了房的朋友叹口气说。

"喂，是陈浩先生吗？"一个口音娇嫩的小姐在电话里问。

"是，我是陈浩。你是谁？"陈浩在手机里回答道。

"我是澳洲花园的售楼小姐。我们这里楼盘风光秀丽，人文景观很别致。听说您家要买房，特此跟您联系一下。"

"多少钱一平米？"

"价格优惠，一千三百八一平米，三层的。"

"这么贵啊？我去年谈才八百八！"

"去年是去年，明年会更贵的，现在给您的价格是最便宜的。"

"不信，我绝对不信，前后几个月涨这么多啊？"

"市场就是这样，您现在不买，以后会后悔的。"

"我等等！"

回到家中的陈浩，把售楼小姐联系买房的事跟老婆说了一下。老婆听了之后，带有点责怪的口气说："去年我说买你嫌贵，今年又贵了好几万一套。我看那小姐说的不错，说不定明年更贵呢？"

"我就不信还能再涨。随它，等等，不降价才怪呢？这么贵有几个人去买啊！"陈浩有点气愤地说。

儿子的结婚证已经拿了，等买了新房就可以举行婚礼啦。儿子对父亲说："爸爸，你说要买房前后快三年了，再不买，我们的婚礼可举行不了啦。"

陈浩摸着没有几根头发的脑瓜，儿子不说本已很着急了。这

一路同行

几天，他带着老婆开车转了附近的好几家楼盘，价格最低的也在两千四百六一平米。看了这价格，老婆急得几乎掉下了眼泪，抱怨男人说："三年前，你买了房要少花多少钱啦。现在把你那存款都花上去，装潢的钱还没有呢！"

"别急，别急好不好。我听说政府正在控制房价，明年的价格一定会降下来，我们再等等！"陈浩安慰老婆道。

老婆知道自己男人是跑世面的，经历的事多，做事很少吃亏的，等就再等等。

晚饭后，陈浩和老婆、儿子闷在屋里，正在为买房的事发蔫呢。还是老婆先开了口："这儿媳已经怀孕了，时间不容再拖了，再贵的房子也得买！"

"买，买，你知道今年的价格吗？三千零八十一平米了！"陈浩几乎哭着说。

"去年买，你嫌贵，再等降价等到何时？"儿子插话说。

"该倒霉，买吧！"陈浩发了狠劲说。

"那就买！"老婆、儿子一起说。

前来为陈浩儿子结婚贺喜的几位朋友，一边抽着喜烟一边在新房里走动着。有个朋友问陈浩："多少钱一平米？"

陈浩长叹一声说："别提了，老本都掼上去了，外头还欠了几万块的债！"

卖 鱼

很早以前，镇上的人就以打鱼、卖鱼为生。生活在这里的人可说是结交了东西南北的朋友，云集在这里的客商们也视小镇为自己的家。

　　小镇三面环水，三条小河穿街而过。错落有致的青砖青瓦，给小镇装点得格外庄重、典雅，处处流淌着历史的印迹。居住在小镇里的人质朴、淳厚、礼义，举止中显露着文化渊源的悠久。

　　很早以前，镇上的人就以打鱼、卖鱼为生。生活在这里的人可说是结交了东西南北的朋友，云集在这里的客商们也视小镇为自己的家。镇东首有个叫严石的，祖辈均以打鱼为生，到他这一代遇上了好光景，做起了卖鱼的生意，十分红火。他在镇上很有点名气，来这里做买卖的都愿和他打交道。这生意上的事有时真的会让人捉摸不透，怎的一下子就变得清冷起来，老客户们为何都远他而去？严石抽的烟一根接着一根，本已焦黄的手指被烤得更黄了。

　　"真见鬼，难道我得罪谁了吗？"严石自言自语道。

　　"老爸，"站在一旁的儿子搭了话，"你最近都收了谁的货？"

　　"毛四的呀！"

"难怪，难怪！那毛四的货卖给谁谁就倒霉。"

"为什么？"

"掺假呗！"

"你，你，你胡说什么，这鱼还能掺假？"

"是，是！前些日子郑大拿他的货，转手卖出去又给退了回来。"

"怎么了？"

"他将鱼鳔里全用针注了水，郑大转手拿出去卖，第一次人家上了当，第二次就被捉住。后来，郑大把鱼退给了毛四。现在，毛四又将鱼卖给你，人家买你的假货，看你平时的面上，一次两次不好讲，谁还会受第三次的气呢？"

"缺德的毛四，该死的毛四，你坏了我的名声，坏了我们整个小镇的名声，坏了我们祖宗的名声，我非找你算账不可！"

第二天清晨，严石如往常一样，在自己的摊位上忙开了。他见毛四来了，笑嘻嘻地迎过去，接了他筐里的货，并瞟了一眼。突然，只听严石大喊道："新老主顾们，今天我给你们带来了又新又鲜的奇货，价格便宜，请你们快来看货啊！"

"严叔，你，你这是怎么啦！"毛四不知所措地问。

说话间，四周已围过来好多人，严石从毛四的筐里抓起一条鱼，摇晃着对大家说："你们看，这鱼好肥吧，肉好多吧，现在我来宰给你们看！"

"严叔，你，你——"

严石翻了毛四一眼，操起刀剖开了鱼肚，从中取出鱼鳔，把手扬起，向四周转了一圈，口中说道："我骗了你们，可我是被毛四这混蛋给骗了。他在鱼鳔里用针管注上水，多卖没良心的钱。今个，我把他当众揭穿，以表我严石的一片真心。凡是前几次买我鱼的人，请现在报个数，我当场退钱给你们，我要把毛四这臭小子送工商局，让工商局的人对他进行处罚！"

"严叔，钱我赔，我赔，可你不能——"毛四望着大家怒视的目光向严石哆哆嗦嗦地哀求着。

"哼，你别做梦，谁要你的臭钱！"

围在四周的生意人，一下子被这个场面给震惊了。那些埋怨过严石的人，这才明白过来，是自己错怪了。等了好长时间，谁也没有报个数字，倒是出来几个讲情的人，请严石不要如此认真，下次再犯必究。

望着大伙那一双双真情的目光，严石更觉得对不起大家，他拽过毛四，大喊一声："走——"

如此绝招

梦想功盖天下的汪大水，其实已经在武林中赫赫有名，但他不满意自己的就是还没能学得天灵寺的绝招，心里一直有一种空虚的感觉。

一路同行

已经翻了三座大山的汪大水，几乎累得气都没法喘了。要到对面那座山的半山腰，还得要爬四十里路的山道。

天灵寺，武林之圣地也。寺的四周峰峦叠嶂，林木葱绿，溪水潺潺，鸟语兽鸣，异花吐芳。寺内的主持静空方丈，武功盖世，无人能敌。静空有个怪癖，从不收徒。他在寺内也从不向人授艺，只是教导那些小和尚强身健体的道理。静空的所为，让世人感到十分神秘，不知有多少人跑来探究竟，皆被赶出寺门。普天下的武林中人到后来想见静空一面，也都很难了，只能对他进行一些猜测而已。不过，大家知道，从天灵寺出来的人，个个身怀绝技，但从不与人比斗，更让人对他们敬畏三分。时间一久，他们的身上自然而然披上了一层神秘的面纱。这种面纱，让天下的武林中人感到深不可测。

梦想功盖天下的汪大水，其实已经在武林中赫赫有名，但他不满意自己的就是还没能学得天灵寺的绝招，心里一直有一种空虚的感觉。他曾先后几次要来天灵寺拜师讨艺，都被师兄师弟劝阻了，未能成行。五天前，他没向任何人透风，只身一人向天灵寺而来。

一整夜被阻拦在天灵寺大门外的汪大水，恨透了几个护院的小和尚。细细想来，又怎好怪人家小和尚呢？自己要说是来投宿的，早给放进去了，可自己说是来拜师的，哪里会给进去呢？那些小和尚说，主持几年前就已规定，凡来寺拜师学艺的一律不予入门，讨饭投宿的皆可进入。汪大水话已出口，无法挽回，歪在寺外的大树旁整整一夜，似睡非睡的。他认定一点，既然来了就不能无获而归。

翌日，汪大水转下山来，找户人家将自己的衣服换了，扮成乞丐又回到天灵寺来。守门的小和尚见来了讨饭的，便放了进去。进到院内，汪大水直奔用饭的地方，来讨吃的。汪大水边吃边讨好一个小和尚，问静空师傅的住处，小和尚说，不知，这里人都不知道静空师傅的住处，只有负责护院的多能师傅知道。汪大水来到多能师傅面前，想打听静空主持的住处，多能掉转头来"啪"的一巴掌打在了汪大水脸上。汪大水立在那里纹丝未动。多能用双眼看了一下，一个讨饭的功底不错呀，很少有人吃了我这一掌能不带伤出去的。多能随手又是一掌，汪大水仍纹丝未动。多能问："你什么人？敢在这里问师傅大名。""不瞒你说，我是来学艺的。"汪大水说。"学艺？胡思乱想，师傅从来不收徒。""那我就跟你学。""笑话，我没什么给你学的。""有，就学你不分青红皂白地打人。"

一连数日，得不到静空师傅住处的汪大水，赖在寺院里不走，一有空就缠着多能。一天，多能见他这样缠着自己，心里实在烦了，便叫来几个弟子将他逐出门去。哪知那几个弟子不是汪大水的对手，多能便亲自上阵，与汪大水交上了手。就在汪大水与多能打得难舍难分之时，一个老和尚走了出来。汪大水见昨晚和自己睡在一起的老和尚走了过来，更来了精神。当打到第六十四个回合的时候，老和尚看多能有些招架不住，暗暗使出了通天定身法，将汪大水定在了那里。多能刚要伸手，见汪大水已不能动弹，便示意几个弟子将汪大水抬进房中。

走进房内的老和尚用手指弹了一下，汪大水便缓过气来。汪大水见到老和尚，刚想抬手，已无一点力气，忍气吞声地坐了下来。老和尚问，你想学天灵寺的绝招吗？汪大水回说，是的。你学这绝招干什么？称霸武林，独行天下。独行天下干什么？无人能比。就为了这个？是。实话告诉你，就是教给你天灵寺绝招，你也称霸不了武林。为什么？除了天灵寺的绝招，你知道还有比天灵寺更厉害的绝招吗？不知道，那又是什么样的绝招呢？我只听说过，也很难学到。那又是什么样的绝招，这么难学啊？那已到了出神入化的绝顶地步，无人能敌！汪大水求老和尚告知。老和尚告诉他两个字：微笑！

下山了，汪大水百思不得其解，微笑也算是绝顶功夫？到底是真是假？他问来送他的多能，那个老和尚是谁？多能告诉他就是你要找的静空师傅。是他？对，就是他！汪大水边走边想：微笑。绝招？这个招数，我知道我一辈子也难学成啊。

冬　瓜

自小没了父母的冬瓜是跟着奶奶一起长大的。他常听奶奶说，她有三个儿子，大儿子和他父亲都在部队里。在一次战斗中，父子俩都牺牲了。

太阳快落山了，冬瓜手握锄头，满脸是汗，不时地用挂在肩上的粗布毛巾往脸上擦一下。只要再拼上一把，这余下的田今儿肯定能锄完。锄完这一回，这地今年就算锄过三茬了，到秋上准有个好收成。

"冬瓜，冬瓜，你有信了！"有人在喊。

冬瓜抬头向地那头看了一下，隐隐约约像是二狗子的声音。冬瓜不太相信，哪跟我写信哟，便说："你别耍我吧！"

"你快来呀，我没有耍你！"二狗在喊。

伸手拿下头上斗篷的冬瓜，踮起脚又向地那头看了看。这下比刚才看得清了，旁边似乎站着个送信的，上下都穿着绿衣服。冬瓜这又叫道："你要耍我，我就揍你！"

"不，不会的！"

"好，那我就来！"

跑得气喘吁吁的冬瓜用毛巾擦了把汗，便对送信人说："谁给我来信啊？"

"台湾！"满头是汗的送信人回答道。

"会不会是你常说的小爷？"二狗子显得挺神秘地问。

"那可能吗？"冬瓜说。

自小没了父母的冬瓜是跟着奶奶一起长大的。他常听奶奶说，她有三个儿子，大儿子和他父亲都在部队里。在一次战斗中，父子俩都牺牲了。冬瓜的父亲得了肺痨走的，母亲被人家抢走了。那小儿子被抓了壮丁，不知死活。那小爷被抓的时候，冬瓜还不会说话。

冬瓜生下来挺粗壮的，父亲就给他起名叫冬瓜。冬瓜没上过学，一字不识。三年自然灾害时，奶奶得了场重病也离开了人世。冬瓜在生产队是个强劳力，什么活都能干，而且很会干。到了男大当婚的季节，冬瓜家社会关系不清，没人愿为冬瓜张罗，也没人肯嫁给他。到了四十多岁，有人跟他介绍给前庄的杨寡妇，他倒动了心。尽管杨寡妇身边有四个娃，他很愿意，可杨寡妇的公婆死活不肯，也就算了。到了年岁稍大些，生产队安排些轻活给他干，左邻右舍的人都照顾他。他常说，大家对我的这番心意，我这辈子算是没法还了。自打冬瓜分了二亩责任田后，整天泡在田里忙活着。他还养些牲口，手头上积攒了点钱。那二狗子也是独身一人，常和他在一起逗乐，说说女人的事。日子，冬瓜过得倒还自在。

从送信人手里接过信的冬瓜，不知如何是好，两只手不停地颤抖着。他望了望二狗子，二狗子立即对送信人说："大哥，你识字，请你帮个忙，看信里说些什么？"冬瓜马上转过神来，立即说道："请大哥帮帮忙。"

"那好，我来读给你们听！"送信人从冬瓜手里拿过信说："冬瓜，你首先得感谢我，为找你，可让我跑了大半天啦！信封上写这黄河滩大冬瓜，叫我到哪儿去找啊！"

"是，是，我和二狗子待几天请你喝酒！"

"冬瓜，小爷在台湾生活得很好。你小婶和你弟妹都很好。你如能看到信，就到三沟镇洪大华家去取五万块钱。洪大华的父亲与我是同事，现已去了大陆。你取了钱，要给我来信，我以后给你再寄点钱。"送信人读完信，便把信交给冬瓜走了。

愣在那里的冬瓜像傻了似的，嘴张了半天也没能吐出一个字来。站在一旁的二狗子，也不敢相信自己的耳朵，五万块，那不是说天书吗？不过，二狗子想：小爷不会骗他的。他推了推冬瓜说："冬瓜，你还不相信吗？"冬瓜"哇"的一声哭了。边哭边说："小爷，你还活着，奶奶就是想你想出病来才死的呀！小爷，你什么时候回来呀？"

转眼到了秋天，冬瓜的玉米获得了好收成，这让他打心眼里高兴。还有一件让他高兴的就是别人不知道的事，小爷寄回来的钱除了二狗子、送信人，村上人谁也不知道，冬瓜早就叫他们保密了。他把那钱交到了镇民政股，帮镇里盖起了敬老楼。

冬瓜整天忙碌着。让村上人不解的就是他隔个把月就到奶奶的坟上去烧纸。

五大门

要说这姜成，在黄河滩一带也算是有头脸的人。他"文革"前在粮站干临工，这临工与一般临工不一样，站长常常把些小事给他当当家，手中还就有点小权。

一路同行

　　天还没亮，"五大门"门主姜成扛着刚从地里掰来的一洋布口袋棒头，慌慌张张地闯进了屋里。

　　饿了两天没吃上东西的五个娃，躺在床上光着屁股挨在一起，连动的力气也没有了。门主的老婆见男人回来了，用手挨着个儿推了自己下的那几个蛋，希望他们快点醒来，好吃点东西。

　　还在梦中的几个光屁蛋见来了食物，如虎扑食，每人抢上一个棒子，扒开皮就啃。姜成让老婆也啃一个，老婆怎么也不肯。老婆反而劝姜成也啃一个，两天未沾粮食的边，算是饿透了。姜成摇了摇头，两行泪水似断了线的珠子散落在地。

　　要说这姜成，在黄河滩一带也算是有头脸的人。他"文革"前在粮站干临工，这临工与一般临工不一样，站长常常把些小事给他当当家，手中还就有点小权。亲戚朋友找他帮忙买几斤米，用有些发霉的山芋干换点粮票，或是到春天买供应粮少搭点其他不当主食的东西全给办了。日子一久，大伙不知站长是谁，只知神通广大的姜成。姜成成了周围人巴结的菩萨，好多人绕着弯子来找姜成行善。不知怎的，有天好多人在议论姜成和站长搞错了一笔账，结果，县粮食局来查，站长被降成副所长，调到另一个公社粮站，姜成也给辞退回来了。

　　姜成生有五个儿子，自己靠在生产队挣工分，少不了让老婆孩子受罪。到了冬天，供销社发下来的布票本应该给老婆孩子添点衣服，没办法，不能把嘴吊着，多半给卖了，换些粮食回来。到了年根儿，再把余下的布票卖一些，买二斤肉回来，给儿子尝尝腥。赶到春天，他又到粮站去脱裤子，将从粮站买回的粮食扛到街上去卖黑市，然后再用差价钱去粮站买供应本上的粮食回来糊口。姜成落到这个地步，得过他好处的人都在为他鸣不平，有人还要为他去找那辞他的所长算账。姜成领了情，一直未让他们去。

已经两天没开锅了，姜成看着几个娃饿得连说话的力气都没了，急得团团转。他算来算去明天，可以到生产队再支点粮食。可今夜，还能熬下去吗？无奈之下，他去地里偷了一口袋还没成熟的棒头。等孩子吃完以后，他又不声不响地将那所剩之物装进口袋，弄走。对于姜成的行动，生产队派去看青的人望得一清二楚，不过一点也没声张，让姜成顺顺当当地做了一回贼。

转眼几年工夫，姜成的五个儿子都已长成腰粗背圆的大男人了。男大当婚，这对姜成的五个儿子是想都不敢想的事。不过，姜成想创个奇迹，要人知道他姜成不是没能耐的。一天夜里，他把自家三间草屋隔开，开成了五个门，分给五个儿子，每人一间，自己和小儿子住在一起。第二天，大伙一看姜成家一夜之间变成了五个门。当下，有人就叫姜成家为"五大门"，还有的称叫"五朝门"。有人问姜成："这样叫成吗？"姜成回答道："好，这叫各立门户，独来独往！"

那时，生产队长是个有生杀大权的土皇帝，人见人敬。不过，那队长还够意思，不忘往日交情，对姜成常有些照顾。生产队里外出打差，重话轻话，队长都派姜成的儿子去，为的是让他们中午能在外头吃上一顿饱饭。这些，姜成心里有数，嘴上不说谢，心里倒是记着。

让人想不到的是自打生产队分田到户，姜成这个"五大门"门主，那灵活的脑袋又派上了用场。他托人先派三个儿子到厂里干活，自己和另两个儿子在家办起了粮食转化厂。那厂子，整天机器轰鸣，常常忙到半夜。累得满头大汗的姜成，这才感到自己的日子过得有滋有味。

看着姜成家热火朝天的样子，黄河滩的人在私下里议论，十年河东转河西，姜成家可要发了。还有人说，多亏姜成当年养了这五个娃，要不，他的人手还不够呢？那时，自行车、手表一般人家买起来还有困难，可姜成家已经单独拉电线用上了电，还买了台14寸的黑白电视机，招来了方圆几里路的乡亲们前来观看。没要多长时间，他的五个儿子娶回了三房媳妇，每人还盖了一处房子。还有两个儿子，已有好几个姑娘在托人来说媒呢。姜成呢，还和过去在粮站干临工一样，有人来找他帮忙，有求必应。谁家在经济上遇到困难，他还会主动上门去帮人家。

"五大门"在黄河滩成了个冒尖户，这让好多人羡慕不已。不过，姜成好就好在心里常装着左邻右舍。他后来办的水泥预制厂楼板，厂地就在他家的门前，用的工人都是那些没门路苦钱的乡邻。他的产品商标就叫"五大门"，再印上"五大门预制厂出品"几个字。"五大门"的产品经过几年的摔打，成了知名品牌。

如今，提起"五大门"，黄河滩的人便会想起那昔日的往事。

杨二锤

大雨眼看就要下了，杨二锤鼓励大家拼命往前赶。他一抬眼，一座庙宇出现在眼前，大家一起拥到了院中躲在屋檐下，避开这场大雨，无人再倒下。

暴雨又要来了。

逃难的人流把乡间小道挤成了一条长龙。衣衫不整的灾民，有的扶老携幼，有的提着薄薄的包袱，还有的用扁担挑着破破烂烂的棉被、柳篮什么的，一步步向前走着。那些被饥饿摧残得难以忍受的老人，用拐杖支撑着自己的身体，艰难地迈着步履。更让灾民们忧心不安的是大雨又要来了，这往哪儿躲呀？无奈之下，一个跟着一个都哭了起来。

走在人流中的一个青年男子不停地招呼大家，你们都不要哭，不要急，我们再走上十多里路就到韩信城了。到了那里，我们就可歇歇脚啦！大家都知道，喊话的人叫杨二锤，是和这些逃难的人流一起南下的。山东南部数日无雨，田里颗粒无收，蹲在家中只有饿死，还不如跑出来讨口饭找条活路。难民背井离乡，各奔东西。和杨二锤同道而行的灾民已行走半个月路程了，白天讨饭，晚上就在路边睡觉。一路上，遭到了两场大雨，有好几个人倒在路边再也没能爬起来。这一路上，上百号的人还就亏杨二锤照应，好像有了主心骨似的。

吃了官司的杨二锤离开了故乡潍县，改姓埋名，脱离了虎口，赶忙逃了出来。杨二锤自小跟叔父炼得一身武艺，手使两把铁锤。他的第一锤被人称之为飞天锤，锤一撒手，便从空中落下，直指对方脑门，无一落空。他的第二锤被人称之为落地锤，锤一出手，对方将仰天长卧，再难立身。有一个地方恶霸，欺男霸女，杨二锤怄不过这口气，不声不响将其送上西天。他惹来了命案，好不容易逃脱，混进了难民中。

大雨眼看就要下了，杨二锤鼓励大家拼命往前赶。他一抬眼，一座庙宇出现在眼前，大家一起拥到了院中躲在屋檐下，避开这场大雨，无人再倒下。后来得知，这座大庙就是韩信城有名的洪天庙。后来，人们白天出去讨饭，晚上都到这里来落脚。

数日过去，杨二锤见韩信城地面广阔，土质宜植，人烟稀少，就同当地几个年长的商量，准备在这里垦荒种地。杨二锤又来到韩信城周庄主家求助，正巧周庄主平日乐施好舍，不仅支持了种子，还借给了农具，让他们耕种。那庄主又联系了其他好几户庄主，把那些逃难来的灾民又安置在各户打长工，以度过这饥荒之年。杨二锤很是感谢周庄主，一来二往，成了周庄主的座上宾。周庄主平时喜欢谈古论今，对世道的评说很有见地，让杨二锤大长见识。周庄主对杨二锤的仗义之心也很敬佩。不久，二人成了好友。

那年，鬼子过来了，土匪也在韩信城一带趁机横行起来，韩信城一带的老百姓没有安宁之日。白天，鬼子时不时来扫荡，夜里，土匪动不动来抢劫。好多人白天跑反，夜里又要防土匪。一想到这乱世年头，周庄主常常唉声叹气，愁眉不展。看出周庄主心思的杨二锤，对周庄主说，庄主不必过分忧虑，我在暗地里已经训练了二十位铁锤手，十位大刀手，五位盒子手，足够对付他们的。另外，我们还组织了近三十人的保丁，可一起行动。周庄主听了，顿时来了精神，说，你们需要钱，需要子弹，我筹集，看这些败类还能称霸多少天！有周庄主做后盾，杨二锤和他的手下自然感到腰杆粗了。

韩信城一带有个作恶多端的土匪头子叫夏三麻子，手下有几十号人，经常夜里出来抢劫。那天夜里，他带十几个人到大王庄几个富户人家抢劫。那几户人家大锣一敲，杨二锤的铁锤队闻报赶来，将其团团包围全歼，只有夏三麻子逃了。死不甘心的夏三麻子到鬼子炮楼里求救，下来十几个鬼子和夏三麻子的手下，共有三十多人，到大王庄扫荡。早有准备的杨二锤铁锤队，埋伏在高粱地里，待那队人一到，铁锤队、飞刀队、盒子队，加上保丁一起动手，打得鬼子和夏三麻子在高粱地里四处逃窜。早已憋足了劲的铁锤队，四面出击，只有几个二皇带着几个鬼子逃了，其余全部被灭。那还在挣扎的夏三麻子被杨二锤一个飞天锤，脑门开了花。打那以后，韩信城一带安宁了许多。

人们都知道杨二锤是逃难之人，落脚在韩信城，却干出了惊天动地的大事，让人很是佩服。他带领大家开垦的土地长出了好庄稼，让每个人都填饱了肚子。鬼子投降那年，杨二锤带着他的手下，投奔了解放军。在孟良崮战役中，他壮烈牺牲。至今，韩信城的人还常念着杨二锤。

柳一刀

火光照耀下的韩信城似夜间升起的一轮太阳。这时，离火光约有两里地路程的废黄河南堆坡旁，有五六个身影在晃动。

柳一刀家失火了。

望着冲天的火光，韩信城的好多庄邻趁着月色，手拿救火的工具直朝柳一刀家奔来。

慌乱的庄邻中也没有什么救火套路，全到门前的河塘里用桶提，用盆端，将运来的水直往火头上浇。那火如同着了魔似的，一点也不听使唤，火光越来越大。

正当人们急得不知所措时，只见房后站出来一个黑衣人喊道，谁再救火，我以后就一定宰了谁。当大家掉过头来时，那个黑衣人已不知去向。

与此同时，有几个人一跃冲上了屋顶，大声叫到，快把水传到我们手里，让我们从上往下浇，这样浇火会熄得快！听到喊声，救火的乡邻将手中的桶、盆直往上送。

火光照耀下的韩信城似夜间升起的一轮太阳。这时，离火光约有两里地路程的废黄河南堆坡旁，有五六个身影在晃动。

"大哥，赶快回去救火吧！"刘三着急地说。

"是啊，大哥，快回去救火吧！"几位弟兄一起劝说道。

"不！"柳一刀斩钉截铁地说，"回去，我们的计划就要落空，那炮楼里的松田还杀得了吗？"

柳一刀年已二十，是韩信城三雄之一。他使的是一把月牙刀，只要刀出手，那是百发百中，被人称叫柳一刀。柳一刀七岁那年，父亲被人陷害身亡，为报父仇，他去安东神武馆学艺，得师傅指点，学得一手绝活。父亲的大仇未报，日本鬼子又将奶奶、母亲和弟弟杀死在家中。悲愤至极，柳一刀要去拼命，被兄弟们劝下来了，等待时机。

那炮楼里的鬼子队长松田，阴险狡诈，心狠手辣。他收买了一些地方败类组成黑狗队为他卖命。就在这个黑狗队里，有个叫张三的，自小和柳一刀要好，说一不二。柳一刀暗地里与张三约定，要张三晚上以请人喝酒为名，将黑狗队引开，干掉松田。

就在柳一刀和兄弟们自感顺手时，忽见柳一刀家中起火。此时的柳一刀顾不了那么多，和弟兄们按原计划行事。

正在炮楼里睡得迷迷糊糊的松田，忽听从外面的吊桥上疯疯颠颠地跑过来一个人，嘴里喊道："快，队长，有人——"那人话未说完，已经倒地了。随之，炮楼里响起了枪声。那松田听到枪声，慌忙起身，一手摸枪，一手披衣，正待出门，已被人拦下。

正要举枪的松田，忽然倒了下去。"狗日的松田，去见阎王爷吧。"贴在门边的柳一刀一抬手，那飞刀早已钻入了松田的心脏，结果了松田。柳一刀和那几个已收拾完其他几个鬼子的弟兄一起下了炮楼，随后放了一把火，将炮楼烧着了。

　　退到吊桥边上，柳一刀趁着火光往桥下一看，那不是胡二癫子吗？原来来给松田送信的是他！这个曾跟在柳一刀后边混过几天的胡二癫子，看没什么油水可捞便渐渐疏远了。鬼子炮楼里有个二皇，是他以前认识的一个人，臭味相投，为讨好松田，就把胡二癫子介绍给了松田。松田向他打听韩信城一带的危险人物，胡二癫子告诉松田说，有个柳一刀，很厉害。松田要他防着柳一刀，有消息赶快来报。前两回，柳一刀的秘密行动都是他告的密，结果未能得手。胡二癫子得了十块大洋的好处，还受到了松田的夸赞。胡二癫子想表现自己，决定干个大买卖，他要趁柳一刀出外之机，放火将柳一刀家烧了。当初，胡二癫子并不知道柳一刀要去炮楼收拾松田，是他放了柳一刀家的火之后，听救火的人说，柳一刀带人去杀鬼子去了。听得此话，便拼命往炮楼里跑，还没见着松田，自己已命归河中。柳一刀看了看躺在小河里的胡二癫子，说了声："该死！"

　　刚救完柳一刀家的火，大伙忽见鬼子炮楼里火光冲天。立在柳一刀家房顶上救火的汉成还没下来，只听他大叫一声："干得好，干得好！""干得好，干得好！"柳一刀家门前呼声一片。"谢谢父老乡亲，谢谢父老乡亲！"欢呼声中，柳一刀和几个弟兄已站到了大家面前。看着炮楼里的火光，大家都为柳一刀的神秘行动而欢欣鼓舞。

　　杀死了鬼子队长松田，柳一刀的威名远扬，好多人来投奔柳一刀。柳一刀在暗地里成立了一刀大会，足有百十号人，他们白天干农活，晚上集中操练，向他们传授武艺。那年，鬼子搞清乡，柳一刀带领他的一刀大会打得鬼子抱头鼠窜。当时，有人怀疑柳一刀是地下党，柳一刀如实回答道：我不是地下党，我是中国人！

升　官

熬过了八个年头的劳改生活，方强这才如梦初醒。自己要不是头一回收了人家的五千块钱好处费，哪有第二回，第三回……前呼后拥，吃香喝辣，那都是过眼烟云。

望着西沉的夕阳，方强深深地叹了口气道：唉，没想到转了一大圈，还是回到了这个原点。"那年，离开这养育了方强二十二年的黄土地时，"老诸葛"陈三爹对他说："世上七十二行，种地是本行。

你到外面如遇什么周折，就还回到这村窝窝里来，刨这二亩老土。"方强听后笑了笑，没作任何回答。

母亲听"老诸葛"陈三爹说儿子将来能做官，当然心里怪痒痒的。

她常私下里偷偷地跑到庙里去烧香，祈福儿子将来能出人头地，光宗耀祖。也难怪，方家多少代从没人做过官，不知做官的滋味是什么样儿。坐在教室里的方强，常令老师感到奇怪。老师讲过的内容，有的连老师自己都没作重点，可方强只要听了一遍，便能倒背如流，不漏一字。老师常在背地里对人说，我教这么多年的书，还没遇到一个像方强这样的学生。真是个神童啊！大伙听后也都点头。

已经坐上局长宝座的方强，对小时候那些事并不以为然。这宝座，倒是自己的努力和机遇而得来的。在同一条起跑线的人好多好多，自己在众人眼里，只是机遇好。要说才能，比别人高不到哪儿。对这一点，方强自己的心里是一清二楚的。

升官，这是"老诸葛"在方强六岁时给他下过的定论。那天，雨过天晴，一批小伙伴都跑到野地里去捉迷藏。躲在一棵大柳树旁的方强，眼见被对方逮到，慌乱中直向一座坟墓旁边跑去。快跑到那座坟旁的时候，一头栽进了一个大坑里，怎么爬也爬不上来。等几个大人赶过来时一看，方强栽进去的不是大坑，是一口大棺材。方强的父亲把方强从棺材里抱了上来，拖着哭腔说：晦气，晦气！"从一旁走过来的"老诸葛"连笑了两声道：这叫升官，哪是什么晦气呢？是大喜啊！"大伙听了不知是真是假。

直到方强爬上了局长的宝座以后，人们才说"老诸葛"说话比神仙还灵。

熬过了八个年头的劳改生活，方强这才如梦初醒。自己要不是头一回收了人家的五千块钱好处费，哪有第二回，第三回……前呼后拥，吃香喝辣，那都是过眼烟云。自己假如当初不去努力，不也就爬不到那个位置上了吗？没那个位置，还会落到今天这步田地吗？每想到这些，方强就会落下几滴眼泪。他思念"老诸葛"说的那句话，种地是本行啊。那些同龄人靠种地，不同样是活得好好的吗？他们少风少雨，坦坦荡荡，活得好自在呵。

"方强，那是方强吗？"边走边叫的"老诸葛"，尽管白发苍苍，可声音还是那样宏亮。

方强掉头一看，连忙迎了上去说：是老叔啊，你身体真好啊，真有福气啊！""是福是祸难料定，心态好一切都好！""是，是，太对了！"天渐渐暗了下来。"老诸葛"让方强晚上就住到自己家里，方强正有这个意思，便从脚下的这个原点向"老诸葛"家走去。

回　归

不知怎的，丁主任再来查病房时总要在王小傻病床前多聊上几句，逗得王小傻好开心。王小傻觉得奇怪，丁主任怎么一改以往了呢？

"嘿，想起来我这叫什么呀？怎么会有那么多的人在指着我的脊梁骨骂我呢？还骂我就该早点死！我，我怎么落到这步田地呢？这，这也是我罪有应得吗？说来我退休已快二十年了，还有人在骂我。嘿！难道我就这么坏吗？难道就没有一个人看到我，我已经……"躺在竹椅上的丁主任自言自语着。

享有一定声誉的丁主任，是个出了名的血液科专家。经他治疗的白血病人，有的多活了好几年，还有的竟然多活上了一二十年。名有了，引来了众多的求医者。丁主任的热情、关爱，得到了好多病人和家属的称赞。丁主任每听到赞誉声，总会笑笑说："医生吗，救死扶伤，本应该这样的。"病人们听到丁主任的话，心里头热乎乎的。

来住院已经有个把月的王小傻，没见丁主任跟她说上过几句话，每回查房，丁主任走到她床前，只说三个字："要注意！"不知道该怎么注意的王小傻，常在心里纳闷儿。每天都是按医生的要求吃药的，还要怎么去"注意"呢？百思不得其解的王小傻，只觉得每回丁主任跟她说过这三个字后，同室的病友都用异样的目光看着她。查过病房的丁主任刚走，王小傻悄悄地对靠近自己床位的杨大慧说："大姐，丁主任这话到底什么意思呢？"杨大慧终究等到王小傻向自己开口了。她向前凑了凑对王小傻说："小傻啊，我刚住进来时，他也对我说这三个字。我不懂，就问已经死去的那个同室病友，她告诉我，'要注意'就是赶快送票子。我问送多少，她说，送的越多，丁主任对你就越热情。""你送了多少？""八千八百八十！""这么多呀！""那有什么办法呀，这还不算多呢，最多是个中等。""送了，对你态度怎样？""也就中等！比别人多笑了一声！""大姐，我的钱都是同学们募捐来的，能送给他吗？""我送给他的也是大家捐来的。""那他不太丧良心了吗？""他明明知道这钱是捐来的，不管！""太丧良心了！""什么叫良心，这病房里的人谁没给他送过钱？""难怪丁主任每天都会对她们笑呢？""那是假笑！""假笑？""是的！""那我怎么办呀？我实在是没钱呀！""那就只有'要注意'吧！"

又是一个月过去了，丁主任看着王小傻对自己连一点儿动静也没有，还不断地闹着要出院。如让她出院了，自己的声誉定会受到影响。懂行的人都知道，王小傻的病是初期，治疗还算及时，再治个把月应该会大有好转的。她每天所用的治疗费多是别人为她捐助的，家里早花空了。看来，我要想从她身上捞一点，已是不可能的事了。丁主任在办公室里踱着小方步，来来回回走了好几趟，忽将自己的小脑袋拍了一下，自言自语道："没钱，能出力也行！决不能有一个漏网之鱼！"

王小傻的父亲靠种几亩地养家糊口，供两个孩子上学。没想到，没想到小傻得了这白血病。他把家里的钱为小傻花光了，向亲朋好友都借过了，余下的就是每天和小傻的妈妈以泪洗面度日子。王小傻的爸爸妈妈没想到社会上会有这么多的好心人，捐钱给小傻治病，要不然，小傻早就不在世上了。他听人说，治病的医生还要打发，不然的话你那病就好得慢。可自己实在是一点办法没有，哪有钱去烧香啊？那天，丁主任找到王小傻的父亲说："我准备在郊区盖处房子，想请你从乡下找些人来帮忙，给我把屋基垫好。你放心，你女儿的病包在我身上！"王小傻的父亲听了，一口答应下来。只要能把女儿的病治好，那是求之不得的。王小傻的父亲没有在村里找帮手，独自一人干了起来。他想，这样会让丁主任欢心的。那些日子，他没日没夜地去为丁主任家推泥垫屋基。丁主任说："你一个人行吗？""行，省得你花钱！"王小傻的父亲说。

不知怎的，丁主任再来查病房时总要在王小傻病床前多聊上几句,逗得王小傻好开心。王小傻觉得奇怪,丁主任怎么一改以往了呢?难道他——杨大慧似乎看出了点门道,凑过来问小傻:"你爸妈送钱了吧?"小傻说:"我爸妈没有为他送钱呀?"不过呀,小傻觉得这事确实有点怪,父亲怎么好多天没来看自己了呢?她问母亲,母亲只说父亲忙。好长一段时间,王小傻一直蒙在鼓里,要不是她小姨告诉她,她还不知道父亲累得已经住院了呢。王小傻愤愤地骂了一声:"丧尽天良,不得好死!"

"嘿,我收的这么多缺德钱,几乎都送到敬老院福利院去了,可我这良心还是受责啊!我,我要把最后这两万块钱捐出去,继续不留一次姓名。我彻底地迈出去了,那些骂我的人我才能面对他们呀。不然,就是进了火葬场也洗刷不清啊!"想到这里,丁主任霍地从竹椅上爬起,拿了早已放在包里的两万块钱向邮局走去。这一回,他要把这钱寄给慈善总会。

王老三涨薪

早年给人家打工的王老三,大字不识几个,又不会手艺,只能跟人家提提灰桶,做砌墙师傅的下手。那时给他的工资是八毛钱一天,没有加班费,干得再晚也就这么多。

韩信城一隅有户人家，居住在此已有百年历史，到了王老三这一辈，世事发生了让人意想不到的变化。变来变去，最让王老三开心的事莫过于他年有所涨的薪水。

早年给人家打工的王老三，大字不识几个，又不会手艺，只能跟人家提提灰桶，做砌墙师傅的下手。那时给他的工资是八毛钱一天，没有加班费，干得再晚也就这么多。不过，这对年仅二十来岁的王老三来说，已很满足，比在生产队干活强多了。在生产队干一天，挣十工分，年终算账也就是八分钱。

五年之后，王老三的工钱拿到了一块二毛一天，平均每年都涨了一点。每到发薪水时，王老三手拿着钱，笑得是合不拢嘴。不过，他看比自己工资拿得高一倍多的人，心里又觉得比人家矮了一截。有天夜里，王老三做了一个梦，他梦见自己每月工资拿到一百块。老婆对他说，王老三，你要能拿到一百块一个月，我每天都买豆腐给你吃。王老三听后手舞足蹈起来。正在他高兴时，老婆碰了他一下把他碰醒了。他醒了之后知道自己刚才做的是一个梦，他笑自己怎么会做了这么一个梦？

大约又过了十几年，王老三每月的工钱已涨到了九百块了。每个月手捧九百块的钞票，这让他在多年前是想都不敢想的事。王老三看着自家刚买回来的电视机、洗衣机，自己的心里在琢磨着，将来工资能达到四位数，我一定要把家里的草房换成瓦房。老婆看着王老三在想心事，便问他在想什么呢？王老三把自己的想法说了，老婆说他是在白日做梦。王老三笑笑说，我以前做过好多梦，都以为是假的，后来都变成真的了。

到了五十多岁时的王老三，他给人家打工的工资已涨到三千块钱一个月了。他常对老婆说，怎么样，我这不是白日做梦吧。你看，我们现在住着小楼房，除了看看电视，有空还玩玩电脑。儿子呢，开着轿车，有空还给我们带到城里去逛一逛。你说，这日子过得多舒坦啦。老婆朝王老三看了看说，现在哪家不是这样啊，就你家好？王老三听后笑了笑说，这话倒也是，不光是我们家的日子好过了，现在家家户户都好过了。你看那些到外地打工的人，一年要挣好几万呢。老婆说，你到什么时候也能把工钱翻一番呢。王老三朝老婆看了一眼说，你真会开玩笑，我多大岁数了，还能苦那么多钱啊？

前些日子，王老三在家看电视，听电视里说再过个十年八年老百姓的收入要翻一番。当时王老三就想，这还了得啊，到那时，我每月的工钱不就要达到六、七千了吗？这，这怎么可能呢？他问儿子这是不是在做梦，儿子对他说，现在国家这么富强，老百姓的日子这么好过。再有十年的奋斗，老百姓收入翻一番根本不在话下的啊。王老三说，要是真的，那钱怎么花呢？儿子说，到那时，你手里有了钱，可以坐飞机出国旅游啊！王老三说，那真是太好了，我一定能到国外走走看看，饱饱眼福呢。儿子说，只要你常锻炼锻炼身体，身子骨好了，还愁花不了钱吗？还愁不能出国吗？王老三点了点头。

韩信城一旁的公园里，王老三和他的同龄人正坐在灯光下的长椅上说笑着，用快乐驱赶着白天的劳累。此时的王老三，正盘算着出国该坐什么样的飞机呢。

回　访

春天冒白碱，夏天水汪汪，秋天无收成，冬天去逃荒。这，就是当时小河村的真实写照。上面派来蹲点的干部换了一茬又一茬，可实在是无回天之力。吃粮靠粮站，烧草靠煤炭，那紧紧地套在头上的穷帽子年复一年。

顺着河边的鹅卵石小道，满头白发的张老先生拄着拐杖边走边不停地夸赞道，变了，美了。

老张头啊，听说前面比这里还美呢。王老先生在孙子的搀扶下边走边对张老先生说。

我也听孙子说过，说这里变得特别美了，早想来看看，今天真的来了。

今天啊，可算是眼见为实了呀。

不看不知道，看了心儿跳。

我也和你一样激动啊。

当年我们俩在这里蹲点的时候，你还说就怕我们这一生也改变不了这里面貌喽。

那时说这话也叫心里急吗？老百姓连肚子都填不饱，哪还有精神去干活呢？

你看看，现在不是变了吗？

没想到，没想到，真是三十河东三十河西啊！

春天冒白碱，夏天水汪汪，秋天无收成，冬天去逃荒。这，就是时当小河村的真实写照。

上面派来蹲点的干部换了一茬又一茬，可实在是无回天之力。吃粮靠粮站，烧草靠煤碳，那紧紧地套在头上的穷帽子年复一年。

走进一片凄凉的小河村，雄心勃勃的张老先生和王老先生的心顿时凉了一大截，把两个年轻干部吓得向后退了好几步。

临行前，县委书记叮嘱道，小河村穷，要靠你们的智慧和所学知识来带领乡亲们摘掉穷帽子。

已无退路的两个年轻人一头住进了王大妈的家，一日三餐也就由王大妈代办。

已有六年党龄的王大妈，听说县里的蹲点干部要住到自己家，忙活好几天，把家打理了一番。

很是满意的两个年轻人和王大妈一家五口人一块儿吃饭，还和王大妈一起下地干活。

走东家，串西家，两个年轻干部把心紧紧地贴在群众心上，得到了很多难以得到的数据和愿望。

从农学院走出来的两位高才生同时认定，要改变小河村的面貌，让乡亲们填饱肚子，还得实行旱改水，从根本上治理盐碱地。

旱改水的方案县里批下来以后，可乡亲们有些不理解，种了这么多年的旱谷为何要把它变掉呢，这不有违祖宗的意愿了吗？

正当两位年轻干部犯愁的时候，王大妈对他们说，我和你们一起去做工作，准能改变他们的老黄历。

做通了党员干部的工作，他们又把党员干部组成五个小组，分头到各家各户专做工作，让他们相信旱改水一定会填饱肚皮，不再受饿。

拉电线、建电站、修水渠、整地块，大会战的场景令人激奋。红旗、标语更把人们的激情推向了新的高度。

县委书记亲自送来两台手扶拖拉机可派上了大用场，为旱改水的平田整地立下了汗马功劳。

不会插秧的人们在从外地请来的技术员的引领下，拔秧、抛秧、栽插、放水、施肥、防治病虫害，也都很快熟练起来。

泡在水田里的两位年轻干部和大伙一起熟悉栽种水稻的方法，还把握了管理要领。

秋收时节，乡亲们敲着锣打着鼓，第一次吃上了自己栽种的大米饭。

视两位年轻的蹲点干部为大救星的乡亲们，家家户户都来请他们到家里吃饭，以示谢意。

我们做干部的就是要为大家服务的，我们还要什么回报和感谢呢？

回县里那天，王大妈送给两位年轻干部每人一双鞋垫。上面绣着这样几个字：脚踏实地，心存清白。

一路同行

　　从一名蹲点干部一步步迈向人生辉煌的路上，他们时刻没有忘记一名普通党员的期盼。

　　已经当上市委书记和市长的两位年轻干部转眼间步入了中年，心中的坦荡就是来自那双鞋垫。

　　送礼，行贿，送色，皆被那双鞋垫给击退了。看着那双鞋垫，他们得到的是被爱戴和信任。

　　回望已经过去的历程，他们没有走歪路，没有留下遗憾，时常在为自己鼓掌。

　　已经到小河村这个区任区委书记的张老先生的孙子对曾在那里蹲点的爹爹说，现在的变化可大了，你和王爷爷应该一起回访一下。

　　驻足观望了一下河滨花园景致的张先生对王老先生说，我们做过这样的梦吗？

　　梦，哪敢做这样的梦啊？王老先生不无感慨地说。

　　爷爷，变了吧？张先生的孙子走过来说。

　　张老先生点了点头。

　　爷爷，变了吧！已经当上了区长的王老先生的孙子走过来说。

　　变了，真的变了。王老先生说。

　　真是你们两个啊？满头白发的王老太在孙女的搀扶下走过来问。

　　啊，是你啊，王大妈。你的身体真好啊！两位老人同时说。

　　还不是吃了你们当年的大米才这样好的嘛。王老太调侃道。

是啊，是啊。

哎，这么多年一直好吗?

好，好，有了您那双鞋垫我们可没有去走歪路啊。你看，你当年的鞋垫我们一直珍藏在身边。

接过鞋垫的王老太，情不自禁地流下了眼泪说，今天啊，我要把他转赠给区委书记和区长。

三位老人看着后生接过鞋垫，欣慰地笑了。

烟消会有时

有些事儿就是这样巧，分房摇号时，徐奶奶和何奶奶家成了对门。徐奶奶家开门，常碰上何奶奶家也在开门，对方的目光也就马上全部移向了墙拐的一角。

村子里刚刚建起来的怡心花园，引来好多老人们坐在亭子下有说有笑。两条宠物狗一点儿也不安心，爬下爬下的。

徐奶奶拉着何奶奶的手说，何奶奶啊，我这辈子都要感谢你啊，要不是你，我哪能坐在这儿呢。

事情过去这么多天了，你还挂在心上，不要再感谢了。何奶奶回答道。

我怎能不说呢? 我要说给自己听，还要说给更多的人听。

你啊，真是的。

听着老姐俩的话，身边坐着的几个老人真是有点不敢相信，何奶奶能会那么做，真让人莫名奇妙。

陈爹爹对挨在自己身边的吴奶奶、刘奶奶、韩奶奶说，你们能相信吗？

这个呀，我们一点都不信。几个人摇着头回答道。

顿时，36年前的那场纷争又呈现在了老人们的眼前。

何奶奶与徐奶奶的家紧靠一起，是住了两三代的邻居，处得同一家人似的。邻里间，遇到事儿都会过来一起商量一下。

春天植树时，何奶奶家的儿子把一棵树栽歪了，占了徐奶奶家的一寸地。

晚上，徐奶奶的儿子从外地回来一看，何奶奶的儿子把树栽到他家地里了，便一声不响地把那棵树给拔掉了。

发现徐奶奶家的儿子把树苗拔了，何奶奶的儿子立即跑到徐奶奶家的地里，把她家刚栽的树苗一口气拔掉3棵。

你来我往，便动起了手，两家都有人带了伤。生产队长好不容易才调解好，各自留下五寸地，不得越界。

来年，不想出现的事儿又发生了。栽树时，两家再次动了手。这一回，何奶奶的儿子被打得住进了医院。

被带进派出所的徐奶奶的儿子承认了自己的过失，付了所有药费，还上门赔礼道歉。

仇，也就这样结下来了，好邻居成了一对冤家。生产队长多次上门劝说，一点起色也没有。

时光转到小城镇建设紧锣密鼓地进行着，农村人一下子住上了和城里人一样的楼房。

有些事儿就是这样巧，分房摇号时，徐奶奶和何奶奶家成了对门。

徐奶奶家开门，常碰上何奶奶家也在开门，对方的目光也就马上全部移向了墙拐的一角。

徐奶奶的心里怄着一肚子气，怎么会这么巧？

何奶奶的心里也怄着一肚气，关进笼子了怎么又关到了一起，真是前世的怨啊。

用上了自来水，何奶奶不再到洗了几十年衣服的小河边去洗衣服了。花点钱，在家里洗太方便了。

省吃俭用的徐奶奶，儿子、儿媳不让她再到河边去洗衣服，可她说累不坏的，能省还是要省点。

指着徐奶奶脊梁骨的陈爹爹说，抠一辈子还改不了，能用多少水钱啦，还把衣服拿到小河里去洗？

她这个人啦，看一分钱都比命重要。韩奶奶附和道。

省那钱啦不知想留着干什么呢？吴奶奶走过来说。

她啊，留着将来带进火葬场。许爹爹边说边笑了起来。

自住进了小区的楼房，何奶奶每天早上都有个习惯，要到小河边去走走，呼吸点新鲜空气。

救命啊，救命啊！有人在河边的水中拼命叫着。

有人落水了，何奶奶赶紧走了过来。她近前一看是徐奶奶，这个该杀的怎么掉到河里去啦？

来不及多想的何奶奶看了看四周，没一个人，她立即在码头的石板上趴了下来，用双手去拉徐奶奶。

喝了几口水的徐奶奶被呛得晕头转向，用手紧紧抓住何奶奶的手。她嘴里还不停地喊道，救命啊，救命啊！

不顾一切的何奶奶，使出全身力气将徐奶奶拽了上来。

刚坐到码头上的徐奶奶，顿时号啕大哭起来。嘴里喊道，老何啊，你救了我的命，你是我的恩人啦，我这辈子也报答不完你啊。

不要哭了，我见死不救，就是埋到黄土里也不会安心的。你要是不在这河边洗衣服能掉下去吗？快回去换衣服吧。何奶奶劝说道。

闻讯赶来的徐奶奶的儿子和何奶奶的儿子轮流把徐奶奶背回了家。

望着儿子的背影，何奶奶犯起了糊涂，我和她家对面不啃西瓜皮这么多年了，我这儿子怎么到这里就——就——

奶奶，你不知道吧，其实我们和徐家的人在搬来小区前就好上了。这楼房也是爸爸和徐家叔叔订下的，只是没让你们知道。何奶奶的孙子说。

这混小子，有事还瞒着我。何奶奶边说边拍了孙子一巴掌。

孙子打个鬼脸说，还不快把老黄历扔到小河里去。

好——

机 缘

三年过去了，妈妈觉得浑身不自在，心里感觉不好受，心中不免担心起来。医院的诊断书说，是受噪音刺激，心脏病复发了。

紧挨利民小区一隅的花园中间的广场上，身着五颜六色服装的大妈们正随着乐曲声扭动着身体，看上去真有使不完的劲呢。

一曲随着一曲，连个喘息的机会也没有。那绽放在每个人脸上的笑容，比一朵朵鲜花还要艳丽。

休息了，好多人还在扭胳膊踢腿，仍在不停地运动着，一点没有刹车的感觉。大伙你看看我，我看看你，会心地笑了起来。

"我种下一颗种子，终于长出了果实。今天是个伟大的日子，摘下星星送给你，拽下月亮送给你，让太阳每天为你升起……"

《小苹果》的歌声刚刚响起，广场上立刻沸腾起来。更欢更快的舞姿乐得观舞的人们拍手称快，经久不息。

"妈妈，这里可能是我们理想的选择。"女儿翠翠对妈妈说。

"不一定吧，好像在这里跳舞的大妈不太多。"妈妈边提示女儿边回答道。

"这还不多啊？你听这声音在小区四周回荡着，还不惹怒住在这里边的人啊。"

"惹怒？可能还没到火候，我觉得这声音不算大。"

"妈，那我们到小区里边去打听打听，看着反映应怎样。"

"也好，我们过去看看。"

大学毕业刚找到工作的女儿，决定在自己所在的城市买套二手房子，生活起来也能方便些。这个想法，得到了爸爸妈妈的支持。

房价，居高不下。观望了一段时间没无有下降的意思，还就逼着女儿要下手，有了房才算有了家，有了家才能安心工作啊。

看了一处又一处，价格实在是接受不了，全都超出了自己的能力范围。等，只有再等一等。

刚打开电脑的女儿，一条信息吸引了她的眼球。广场舞边上的二手房价格最低，低到 20 万一套还无人问津。

好事，好事啊，这对我来说是天大的机缘啊。女儿看着这条信息，几乎按捺不住自己的兴奋之情。

听了女儿打过来的电话，妈妈也同发现新大陆一样，激动得连呼三声好啊。她拍了一下桌子说，就这么定。

走进小区的大门口，只见墙上贴满了出售房子的小广告。母女俩看着这张，又看看那张，脸上布满了笑意。

"妈妈，你说怎么会有这么多人家要卖房子呢？会不会是这里风水不好啊？"女儿睁大眼睛问妈妈。

"不是，不是，其实就是因为这里跳广场舞的人多，噪音大影响休息，让他们的心里不乐意。"妈妈回答道。

"那她们不能到别的地方去跳吗？不就不存在这个问题了吗？"

"你刚才都看见的，这个小区有四个广场，全被跳舞的大妈给占去了。再说了，她们都是居住在这个小区的，能到哪儿去呢？"

"这倒也是。那我们——"

"我们有什么啊，图的是价格！"

经过几番周折，让母女俩都很满意的房子被敲定了。房价，要比正常的二手房便宜 23 万呀。

搬进新屋那天，前来贺喜的亲朋好友看了房子的结构、装修的质量，都不敢相信那个价格能拿下这套房子。

"这里的环境不大好，广场舞会闹得你夜里睡不着觉的。"一个亲戚说。

"其实也没什么，物业管得好，让跳舞的人不超过规定时间，到时就没什么大的影响。我家住的那个小区，到时就停歇，基本没什么影响的。"另一个亲戚说。

"你不知道吗，为这个广场舞不知闹出多少笑话。"

"那不守规矩的人毕竟是少数。"

"没错，只要管理好，也不会有什么影响的。"另几个朋友说。

听着大伙的议论，女儿觉得无所谓，只要有个适合自己的安乐窝就行了。能住上这样的房子，满足了。

自打住进这个新房以后，让女儿没想到的是跳广场舞的大妈很有规律地按时离场回家休息，一点也没受影响。

来和女儿一起居住的妈妈，感到非常安逸舒适，心情也是快快乐乐的。

一路同行

　　三年过去了，妈妈觉得浑身不自在，心里感觉不好受，心中不免担心起来。

　　医院的诊断书说，是受噪音刺激，心脏病复发了。

　　妈妈捶胸顿足地对女儿说："女儿啊，这可怎么好啊！"

　　"妈妈，不急，我们先治病，等到年底，把房子卖掉，我们再到别的地方去买。好在我现在手里有点钱。"女儿安慰道。

　　"别的地方能没噪音吗？"

　　"我们再去寻找机缘。"

第四辑　休闲篇

家住五水镇的石红云，自小嗜酒，三碗不醉，人称"酒仙"。若论起酒道，她口若悬河，叫你如入云雾，又被人称作"酒痴"。石红云自小聪慧，三岁时能背好几首古诗。她五岁时就常和父亲对饮，一顿能喝二两酒，喝了和没喝一个样，这让父亲很有些吃惊。其实，石红云的父亲本就是个"酒鬼"，一辈子离酒不成席，而且喝酒与别人不同，人家喜欢中午或晚上喝，他却是在早上喝。他说早上喝酒，一天有神，干什么事都能成功。那石红云看父亲每天早上喝酒，也就经常跟父亲一起喝，如同用早餐一样。

秘　诀

杨书记廉洁自律，赢得上上下下的交口称赞。时间不长，小镇商场里的自行车开始紧俏起来。对杨书记的擦车术，人们也传得沸沸扬扬，欲求无门。

一路同行

　　杨书记手下有两个秘书，办起事来弹无虚发，堪称左膀右臂。

　　来得早一年的韦秘书，接任工作时，曾请教老秘书升迁之秘诀。刚调任副乡长的老秘书毫无保留地告诉他：要想弄个好位置，就得练就一手擦车的好功夫。我们的书记平时不坐小车，全是骑自行车上下班。不过，车要擦得干净。

　　韦秘书得此秘诀，如获至宝，不分白天黑夜，拼命练习。他对每一个部件，每一颗螺丝钉皆了如指掌，该从哪开头，该从哪结尾，全都熟读于心。

　　后因工作需要，书记身边又调来纪秘书。韦秘书为减轻负担，将前事透露一二。纪秘书心有灵犀，无须多究，全然领会。

　　熟知杨书记喜好的两位秘书，暗地分工，各负其责。擦车，中午由韦负责，晚上靠纪完成。

　　两年过去了，杨书记看着崭新如初的自行车，心中十分满意，嘴角常流露着让人感觉不到的笑意。不过，他对两位的功底早已一清二楚。有人问书记：车何以擦得如此漂亮呢？书记答道：知人善任，擦车手才不可没。我用人用得恰到好处，车才擦得如此清亮！

　　杨书记廉洁自律，赢得上上下下的交口称赞。时间不长，小镇商场里的自行车开始紧俏起来。对杨书记的擦车术，人们也传得沸沸扬扬，欲求无门。

　　骑自行车骑出了好的作风，还骑出了好的效益，这是杨书记未曾料及的。他对两位秘书深表感谢，决定论功行赏。他想：韦秘书已经成熟，该留在身边继任。纪秘书还欠火候，需挂职锻炼。

上任前，纪秘书前来辞行。他在与杨书记、韦秘书告别时，真是难舍难分，辩不清自己的内心是甜是苦是酸是辣。

站在一边低头不语的韦秘书，心中忿恨。他怎么也理解不透，上厕所也有先来后到，怎么能先让他去任职？

能看出韦秘书心思的当属杨书记。他安慰韦秘书：要有耐心，要有耐心嘛。

韦秘书无语。心中直吼道：耐心，耐心，耐到何时？我比他擦车可要早一年呀，书记！

杨书记继续说：我知道你的能力，这是对你的信任。

韦秘书百思不得其解。

堵　漏

敌情，肯定是敌情！小王示意小陈、小孙立即蹲下身子进行观察，看是不是他们要搜查的目标。经过不到 10 分钟的细心观察，小王认定那就是目标，便和小王、小孙蹑手蹑脚地向那边靠近。

大酒店里，庆功宴正在进行着。

小王端过酒杯，走到呵护办主任面前说："主任，经过三天三夜的守候，我们终于成功了。今天，感谢你代表呵护办为我们庆功！"

"应该，应该！"主任话未说完已一饮而尽。

三天前，呵护办小王接到群众举报，说有人骑摩托车于夜间在田里逮癞蛤蟆。这样的电话，小王已接到好几回了，可每回赶到现场已无人影。主任得知这一情况后，要求小王他们一定要想方设法堵住这一破坏生态行为的漏洞。

对于主任的要求，小王和小陈、小孙三人如领圣旨，决心完成这一任务。

那天晚上，小王接到群众举报电话已是夜里十一点多钟了。他立即拿过手机，通知另外两个人马上到出事地点集合。

月光下的稻田里，好远就看到一束手电筒发出的光亮在田埂上来回晃动着。

敌情，肯定是敌情！小王示意小陈、小孙立即蹲下身子进行观察，看是不是他们要搜查的目标。

经过不到10分钟的细心观察，小王认定那就是目标，便和小王、小孙蹑手蹑脚地向那边靠近。

"哎哟，不好！"小陈不知被什么毒虫咬了一口，忍着痛，咬着牙，从牙缝里发出了叫声。

"不能出声，坚持！"小王鼓励说。

"不好，我的膀子被什么划了一道口子，血已淌出来了！"小孙实在忍不住了，向另外二位通报了伤情。

"坚持，不能出声！"小王鼓励说。

听到田埂上有走动的响声和说话声，那个逮癞蛤蟆的人立即将手电筒熄掉。正当那个人准备掉头逃跑时，三束电光一起刺向了他。那个逮癞蛤蟆的人深知自己逃脱不了，一屁股坐到地上不走了。

经检查，那个人的蛇皮袋里已逮有三只癞蛤蟆、两条黄鳝。小王、小陈、小孙轮番盘问起那个逮癞蛤蟆的人一共逮了多少回，多少只，卖了多少钱。那人认定，就这一回，是逮回去为老母配药的。

无奈之下，他们将那个逮癞蛤蟆的人带回办公室，进行继续审查。在主任的说服教育下，那个逮癞蛤蟆的人承认自己逮了两回，共二十只，卖了30块钱。经呵护办集体研究决定，对那个人罚款60元，每只3元，并让其写下保证书，不再重犯。那个逮癞蛤蟆的人甘愿，保证不再犯。

堵漏行动成功了，报纸、电台还发了消息。办公室决定奖给小王、小陈、小孙每人20元，并举行庆功宴，以示祝贺。

庆功宴上，小陈、小孙见小王过来向主任敬酒，也相继走过来，向主任表示谢意。主任似有酒力不支之感，嘟嘟囔囔地说道："感——感谢，你——你——你们——，让我又多——多喝了几杯。"

"应该，应该的！"主任身边的人一起端起了酒杯说。

结账了，这顿庆功宴共花人民币800元。

小王、小陈、小孙一起看了主任一眼，又相互对视了一下，想说什么又都没说出来。

酒　痴

　　闻名于五水镇的石红云，谁家来了贵客，都绕着弯儿来请石红云去陪酒，能答应了算是赏了脸面。石红云是有请必到，认为这是在为五水镇的人争脸面。

　　五水镇依水而名，是个人杰地灵的千年古镇。环绕五水镇的大运河、小盐河、废黄河、张福河、淮沭河到此相会，如五仙聚合，彰显出古镇的秀逸典雅，源远厚重。

　　家住五水镇的石红云，自小嗜酒，三碗不醉，人称"酒仙"。若论起酒道，她口若悬河，叫你如入云雾，又被人称作"酒痴"。石红云自小聪慧，三岁时能背好几首古诗。她五岁时就常和父亲对饮，一顿能喝二两酒，喝了和没喝一个样，这让父亲很有些吃惊。其实，石红云的父亲本就是个"酒鬼"，一辈子离酒不成席，而且喝酒与别人不同，人家喜欢中午或晚上喝，他却是在早上喝。他说早上喝酒，一天有神，干什么事都能成功。那石红云看父亲每天早上喝酒，也就经常跟父亲一起喝，如同用早餐一样。到了十八岁那年，因为陪客人喝了一次酒，遇到一个难题，就再也没喝酒。

　　闻名于五水镇的石红云，谁家来了贵客，都绕着弯儿来请石红云去陪酒，能答应了算是赏了脸面。石红云是有请必到，认为这是在为五水镇的人争脸面。客人见石红云来了，也都觉得自己脸上有光，常常是不醉不归。一天，从蜀地过来一位商人，很有些酒量，主家便来请石红云去陪酒。这位商人与一般人有异，以论酒道来喝酒，谁答对了他的问题，他便自饮一碗。席间，石红云端起酒碗正要敬那位商人的酒，那位商人并没有端碗，而是与石红云论起了酒道。他问石红云，酒的祖师爷是谁？黔地的什么酒最有名？这么一问，倒是把石红云难住了。平时，石红云很少涉及这些话题。她二话没说，端起酒碗一饮而尽，连干三碗。她谢了客人和主人，转头便回。

回到了家中的石红云，一连睡了三日。"酒鬼"父亲深感蹊跷，便问何故。女儿将个中原委告知于他，他大腿一拍，长叹一声道：哎，怪我，都怪我！这么多年怎么没把这个道儿指点给女儿呢？他告知女儿，镇上有个王老太君，今年已八十有六，是个喝了一辈子酒的人，可算是个酒道中的人。他不仅有酒量，且能解答酒道中好多难题，你要向她讨教。女儿听后点了点头。

王老太君在五水镇是个受人敬重的老太太。她有一个怪癖，白天不喝酒，全是半夜起身喝酒，每顿只喝一盅，六十多年来未变。她听人说镇上有个石红云，喝酒有量，常陪客人，很想见见。说来也巧，刚躺上床准备午休的王老太君，突然听说石红云来了，便起身相迎。

"太君奶奶，酒的祖师爷是谁？"石红云三句客套话过后直截问了起来。

王老太君轻咳一声，又清了清嗓子说："酒的祖师爷是杜康！"

"杜康？"

"对，酒是杜康酿成。"

"杜康之前有酒吗？"

"还没有，杜康之后才有酒。"

"他是怎么酿成的？"

"无可奉告！"

石红云觉得王老太君懂的不太多，连怎么酿成酒的都不知道。我再来问一个问题，看她到底怎样，若不知，就不必再向她求教了。她马上问："太君奶奶，你活了这么大年纪，一共喝了多少种酒？"

王老太君笑了笑说："难以计数，唯有茅台在心！"

"唯有茅台在心？茅台是哪儿产的酒呀？"

"黔酒啊！"

"啊，黔酒？是不是黔地所产的酒啊？"

"对，就是贵州产的茅台。这茅台啊，可与北京的故宫一样名扬中外。"

"这么出名啊？它的历史长吗？"

"对！我再告诉你，早年的汉武帝就喝过这个酒啊。他喝后连声说'甘美之，甘美之'！"

"茅台有这么长的历史啊？"

"我再告诉你，这茅台可与别的酒不一样，太神奇啦！茅台啊，酒体醇厚，回味悠长，而且空杯留香！"

"空杯留香？这么好啊！"

"想喝吗？"

"想！"

"那好！我外孙女十年前送了两瓶茅台给我，我来了贵客喝了一瓶，今还有一瓶，让你品尝！"

"谢谢太君奶奶！"

喝了茅台酒的石红云欲醉欲仙，连声说："好酒，好酒！"

"我只是让你开个眼界！"王老太君笑笑说。

品了王老太君的茅台酒，听了王老太君的论酒之道，石红云好不高兴。打那以后，她有空就来向王老太君讨教酒的道道，还解开了杜康的酿酒之迷。石红云走到哪都要说说酒的话题，论起茅台更是情有独钟，镇上的人都说她成了"茅台痴"啦。三十六岁那年，石红云在镇上还干起了推销茅台酒的活儿。她每次到大酒店来推酒，客人都要向她讨教一番。客人让她喝酒，她滴酒不沾，笑笑回答说：论论酒道，其乐无穷！

已经上了年纪的老父亲问石红云，你推茅台酒已快二十年了，你是真痴还是假痴啊？

"一辈子甘当'茅台痴'！"石红云说完哈哈大笑起来。那笑声，传出门外，传遍了五水镇，伴随五河水向远方流去。

脸　谱

彩旗飘舞的工地上，临时搭建的主席台前横幅悬空，彩球晃动，花篮列队有序。身着红旗袍的礼仪小姐肃立两旁，处处显露出典礼的庄重。

作家蓝天被邀参加盐湖小学新教学楼开工典礼，从心底感谢校长的诚邀之情，提前二十分钟赶到了工地。

彩旗飘舞的工地上，临时搭建的主席台前横幅悬空，彩球晃动，花篮列队有序。身着红旗袍的礼仪小姐肃立两旁，处处显露出典礼的庄重。

刚步入工地的蓝天，看到眼前的情景，心里有种说不出的兴奋。

看见蓝天先生来了，校长从好远处迎了上来，拉过蓝天先生的手说："谢谢您光临！"

蓝天笑着回答说："感谢你们想着我啊！哎，那不是——"

"那是桂县长！"

"他——"

"他也来参加剪彩的！"

"桂县长，我曾和他见过一面。"

蓝天松开校长的手,向桂县长一步步走了过去。快到县长面前时,他喊了一声："桂县长，你早啊！"

桂县长抬起头点了一下，又继续翻看他手中的致词。

跟在蓝天身后的校长，见县长未应声，以为没听到，赶紧大声介绍说："桂县长，这是作家蓝天先生！"

听到校长大声介绍的声音，低着头看致词的县长缓缓抬起头来又点了一下。

"嘟，嘟嘟——"一辆奥迪轿车驶了过来。车刚停稳，等候的人群中立即走出来一个人跑上前去将车门打开，随之从车上走下来一个西装笔挺的女人。

校长迎了上去，笑着说："欢迎你，张董事长！"

张董事长握了下校长的手说："不用谢，不用谢！哎，那不是桂县长吗？这么早啊！"

还离县长好几米远的张董事长便打起了招呼："桂县长，你早啊！"

"哎呀，张董啊！你早，你早！"桂县长边回答边快步迎了过来。桂县长拉着张董事长的手说："感谢你们的支持，为学校建教学楼捐了 100 万！我代表全县的父老乡亲感谢你们啦！"

"哪里，哪里，这是我们应该做的。以后啊，我还会尽我所能的。哎，那不是我的老师蓝天先生吗？来，我给你介绍一下！"

"蓝天，你的老师？"桂县长有些惊讶地问了一声。

"是，他对我的影响特别大，我非常敬重他！"张董事长自豪地说。

不远处，蓝天正和几个一年级的小朋友在聊着呢。

蓝天："你们长大了想干什么呀！"

甲："爸爸常对我说，长大了当乡长当县长，有权！"

乙："长大了当董事长，有钱！这是妈妈对我说的。"

蓝天摇了摇头。

"你们呢？"蓝天问另外两个小朋友。

丙："爷爷，我不想当官，我要当科学家，将来去造宇宙飞船，让更多的人去太空看星星！"

丁："我不喜欢钱，我要当医生，去为那些生了怪病的人看病，让他们不再疼，不再痛！爷爷，你说好吗？"

蓝天笑了。

"老师，你，这是——"张董事长边说边向他介绍桂县长。

"噢——"蓝天听着自己学生的介绍连头也未抬，继续和小朋友闲聊着。

张董事长朝桂县长看了看，桂县长转过头不知走向哪个方向。

握　手

已把手伸得好远的夏莲，等得足有一分钟，还没握到对方的手。站在夏莲面前的那个小伙子，把手伸出去又缩了回来，脸上的汗珠直往外冒。

随父亲学艺整整五年的夏莲，终于能独挡一面了。她说的书《杨家将》可比她父亲响多了。每到逢集，周围的人只要听说夏莲要来了，都早早地跑去占位置。那时说书的人靠听书的人给上一毛两毛的，便可糊口了。不过，收钱时还得是个在集市上有脸面的人，那就是说书要看拿签的。夏莲和父亲在这个集市上已说了三年书了，随便走出个人来大家都是给面子的，每回逢集，夏莲和父亲也都能挣个十块八块的。

那天，快到响午时，也就是拿签的时间到了。夏莲把书正说到一个关节时，突然卖了个关子，停了。听书的人都知道，掏口袋的时候到了。拿签的人抬头一看，听书的人一个个都溜走了。拿签的人急得满头是汗，这可是砸场子的事，太丢人啦。往后啊，还有谁会到我们这个集市来说书呢？他抬起头朝夏莲看了看，真是不知该说什么好啊？他转过头来一看，有个小伙子仍坐在地上一动也不动。他招招手，对拿签的人说："我都听得入迷了。我有个要求，这个段子要说完，以后还得来把书说到底。还有啊，只要夏莲和我握下手，我给她二十块。"

拿签的人听后点了点头。

"不过，你放心，她若不乐意与我握手，钱照给！"小伙子又补了一句。

夏莲听拿签的人在自己的耳边嘀咕了几句，忽然笑道："那好，我答应他。不过，我不是为那钱，而是为他对我这个民间艺人的肯定和捧场！"

听了夏莲的话，那个拿签的人深情地点了点头。心里在说："是个有出息的孩子，将来一定会成气候的。"

已把手伸得好远的夏莲，等得足有一分钟，还没握到对方的手。站在夏莲面前的那个小伙子，把手伸出去又缩了回来，脸上的汗珠直往外冒。正当那小伙子再次把手伸出时，被夏莲一下子握住了，紧紧地，好半天也没有松开。

看着一个听书的小伙子紧紧地握着那个说书姑娘的手，满街的人"呼啦"一下子都跑过来观看这一天下奇观。很快，这事被传到十里八乡之外，人们都笑那小伙子是个痴情的种子。

多少年过去了，那个当年紧握夏莲双手的小伙子已当上了县文化局长，听说省三下乡慰问演出团要来本县为农民演出，可真高兴坏了。他作了周密的安排，确保这次演出成功，尽量让更多的农民能看上这场演出。

欢迎仪式上，一位五十多岁的慰问演出团团长走了过来，文化局长赶紧迎上前去，与她握手以表欢迎。团长自我介绍说："我叫夏莲，年轻时曾在你们这一带说过评书。"

"你是夏莲？"文化局长惊讶得上下打量起来。

"对，我是夏莲。怎么，你——"

"我是当年握过你手，引起人笑话的那个小伙子呀。"

"是你呀！真没想到，你当上了县文化局长？"

"是的，我那时经常听你说书，几乎入了迷。我当年发誓，一定要好好努力，有机会再去读书，将来也做个文化人。"

"真是不打不相识。没有那次握手的鼓励，可没有我的今天哟。自己那时很悲观，有谁看得起我们民间艺人呢？你那一次握手，让我知道艺术的重要，才下决心发愤努力。后来，我从县里调到市里，又从市里调到省里。今天啊，又与你相遇了。"

"幸会，幸会！"

他们的手又紧紧地握在一起。

号　友

正说着，温固知不觉流下了两行泪水。他来的时候，八十岁的老母亲刚住进医院两天，还没有恢复神智。他在想，老母就我这么一个儿子，我若有个三长两短，谁为她送终啊。

"你在单位是几号？"温固知问刚来的。

"一号！"刚来的回答道。

"是一号？"

"对，你呢？"

"我也是一号！"

"噢，我们这地方是多少号？"

"一号！"

"那我们就成了号友了。"

"是，你叫什么名字？"

"陈实民。快退了。"

"我叫温固知，刚上任两年。"

"我为情人炒股，挪用了单位30万块钱。"

"怎这么巧，我为情人炒股，也挪用了单位30万块钱。"

"说起这事，都怪我老糊涂了。"

"我这事呢，纯属一时冲动啊。"

正说着，温固知不觉流下了两行泪水。他来的时候，八十岁的老母亲刚住进医院两天，还没有恢复神智。他在想，老母亲就我这么一个儿子，我若有个三长两短，谁为她送终啊。我自小就没了父亲，是母亲把我一步一步拉扯大的。她老人家忍饥受寒供我读书上学，教我努力上进，处处要争气。我考上大学，她请人喝酒；我走上工作岗位，她请人喝酒；我入了党，她请人喝酒；我提干了，她又请人喝酒。我是她唯一的骄傲，也是她唯一的希望。自己有了外遇，母亲知道后曾告诫过自己，女人是祸水，不要给自己挖坑啊。唉，当初要听母亲的话，也不至于如此吧。想到这里，温固知"呜呜"地哭出了声。

正说着，陈实民低下头也哽咽了起来。他来的时候，儿子正值高考体检，还没有体检完呢。他在想，儿子的学习成绩一直是全年级前三名，班主任跟自己说过多次，考重点大学没有一点问题。儿子自小就生过乙型肝炎病，后来好是好了，也没再彻底查过，我已请过医生帮忙，说没问题。可我，可我现在入了号子，人家还会帮忙吗？

人家还会可怜我儿子吗？再说我儿子，还有心思参加高考吗？这么好的成绩，若因为我考砸了，我这辈子怎么对得起儿子？又怎么对得起因儿子而遭不测的外婆呢？儿子八岁那年，不小心掉到门前的小河里，是他的外婆把他救起，可外婆再没有回到他身边。唉，这不都是自己作的孽、惹的祸吗？想到这里，陈实民忍不住哭出了声。

狱警听到一号室里突然响起了哭声，赶紧跑过去，问怎么回事，没一个人回答。他打开门一看，是个刚来的和那老头儿在哭，便吼了起来："不习惯吗？外边的福你们都享够了，也好好尝尝这里的滋味，给我放规矩点，不许哭！"温固知抬头看了看狱警，不再哭了。陈实民听了狱警的话，也不再哭了。

在三河交汇处的洗心农场，稻田里到处是忙着插秧的人。温固知和陈实民同在一块田里，他们不时地弯腰插秧，沾满了泥水的脸上不停地滴着汗。忽然，管教带个人来到他们面前，说："以后，你就归温队长管！"那个犯人点了点头。老温抬头一看，这不是他们蹲过的那个号子的狱警吗？陈实民抬头问："你怎么来了？"那个人答道："我收了犯人家属的钱物，给他们行了方便。可那犯人出来与家属见面时逃跑了，后又好不容易才给逮了回来。我犯了法。""你也要尝尝这里的滋味了。""活该！"

三年后，先后相识的三个号友同时被提前释放。来迎接他们的有温固知八十多岁的老母，有陈实民快读大四的儿子，有狱警原先的同事，还有场里的管教，人好多好多。走出这个地方，能与自己挂念的人相聚，真是难以言表。看到这个场面，三个号友似乎悟出了什么。

抉　择

一位教师上去了。他和她说了几句转脸下楼了。一位医生上去了。她和她说了几句掉头回来了。一位干部上去了。他和她说了几句回身下来了。

爬到十一层楼顶的黄英，低着头来回踱着步，一点不像观风景的样儿。

"那不是黄老板吗？她爬上楼顶干什么呀？"从楼下走过的人在议论着。

"快救救她呀，她想跳楼！"一位七十多岁的老奶奶拼命地呼叫着。

"快打110，让警察来！"有人提醒道。

"快上去劝劝她！"一位驼着背的老大爷大声喊着。

"谢谢你们啦，请你们快去劝劝她！"那位老奶奶更加拼命地叫喊起来。

一位教师上去了。他和她说了几句转脸下楼了。

一位医生上去了。她和她说了几句掉头回来了。

一位干部上去了。他和她说了几句回身下来了。

她站在楼顶上向下看了看，一步一步的朝边上走过去。

"这怎么好啊，我就这一个女儿啊，请你们快救救她！"老奶奶边喊边哭边在地上滚了起来。

一阵笛鸣，警察过来了。其中一个说："有什么想不开的，要寻短见？"

120 也过来了，走下一个抬担架的说："大名鼎鼎的黄老板，怎会做出这种事？"

警察上去了。警察爬到楼顶，只和她说了两句话，便站在与她相距三米远的地方不再向前了。

抬担架的上去了。抬担架的爬上楼顶，只向她看了一眼，站在与她相距四米远的地方不动了。

她已走到楼顶的边缘。跳楼，这已是她最后的选择。

时间一分一秒地过去，楼底下已被挤得人山人海。仰视着楼顶的人们，都在叹息着，有什么想不开的呀？多活一天不比少活一天好吗？

"这可怎么好啊，我的女儿啊！"老奶奶的哭声撕裂着每一个在场人的心。

"我认识她，让我上去试试！我常在她的公司周围捡垃圾。"一个衣衫破烂，蓬头垢面的中年妇女走过来说。

周围的人听了，谁也没有回应。

捡垃圾的中年妇女上去了。

她走到她面前，低声说了一句话。

黄老板转过脸来，甩手打了那个捡垃圾的中年妇女一巴掌。随后，她一步一步向楼下走来，离开了那座楼，离开了人群。

人们惊讶了。

一位教师走过来问："你是怎么说服她的？"

捡垃圾的中年妇女回答说："她儿子正在上小学！"

一位医生走过来问："你是怎么开导她的？"

捡垃圾的中年妇女回答说："她的老母身体有病！"

一位警察走过来问："你是怎么打动她的？"

捡垃圾的中年妇女回答说："她的官司还未了结！"

老奶奶擦了擦眼泪也走过来问："她怎么会就听你的？"

捡垃圾的中年妇女回答说："她——"

"你到底是怎么把她引回来的？"人们听得有些不耐烦了。

"我啊。"捡垃圾的中年妇女慢吞吞地说："我走到她面前，掸掸自己身上的灰尘，对她低声说了一句，请把你的外套脱下来给我穿，是进口的吧？跳下后会弄脏的！"

"你就这样说的？"

"是的，我就这样说的：请把你的外套脱下来——"

时隔一年，人们从黄老板的一句话中才得知她为什么要寻短见："那四十万，本来就应该判给我的！"

巧遇粉丝

坐在电脑前的胡味，看着粉丝们从不同城市发来的溢美之词，脑袋几乎要崩裂了。他从椅子上一下子跳了起来，大喊一声：包装成功了！

趴在电脑前敲打着键盘的胡味怎么也没想到，自己会有这么多粉丝。那六个美女粉丝发来的信息，令他坐卧不安，恨不得一下能见到她们。

画了几张牡丹的胡味，自以为张张皆是精品。他把画好的几张牡丹送给同时起步的画友观赏，并请为其点评。观画后，大家异口同声地说：好！至于好在哪里，众人闭口不言。

得到画友的赞赏，胡味想，自己眼见就要成为画家了，应该大张旗鼓地宣传一下。眼下讲究的是包装，只要经过包装，那说不定还能成为精品，引起世人的注意呢。拿定主意的胡味，决定好好炒作一番。

那天傍晚，刚吃过晚饭的胡味像往常一样，来到车稀人多的路上散步。走到一个拐弯处，只见一个小广场旁边围了好多人。上前一看，是两个盲姑娘在为大家演唱《牡丹之歌》。那声音一下子就把胡味给吸引住了，听了一会，把腿一拍：有了！

　　从此，每当两位盲姑娘演唱《牡丹之歌》之前，就会捧出一幅《天地富贵》的牡丹之画，向大家介绍这幅画的精妙之处。姑娘还向大家介绍这幅画是出自一位大师之手，已跟随她们走了好多个城市，那些收藏字画的行家们想购买此画，有人已出到五万元的价格，可那位大师不让卖，只供欣赏。

　　正当两位姑娘介绍完画作准备演唱时，一位痴迷于牡丹画收藏的老太太跑上前来，拉过一位姑娘的手说，大师现居何处？姑娘告知已记不清那次在什么地方相遇的。不过，他每个月都给我们寄点钱来，钱就打在我们留给他的银行卡号上。老太太刚叹息一声，姑娘又马上说，你可在网上搜索，定能找到大师。老太太听后点了点头。

　　坐在电脑前的胡昧，看着粉丝们从不同城市发来的溢美之词，脑袋几乎要崩裂了。他从椅子上一下子跳了起来，大喊一声：包装成功了！胡昧高兴的远不止已有几个粉丝的欣赏，让他更高兴的是自己根本就没花多少钱去包装，一年就那几千块钱算什么呢？那些花大钱去包装自己的人，才叫痴鬼呢，还不知能达到什么效果。我这画已经有人出到五万，在这种情况下，哪怕出到十万也不能卖呀，这就叫诀窍。等时间成熟了，我可一下把它推出去，几百万就到手了。

　　当胡昧再次回到电脑前，一个稚嫩清纯的小姑娘发来的一封邮件一下子把他吸引住了。邮件上的文字是这样的：大师，我爱牡丹，可以用如痴如醉来形容吧。今天在广场上听两位盲女歌手介绍你的牡丹画作，让我已到了痴迷的程度。大师，我爱画牡丹，更爱收藏牡丹画作。我多想见到您，听您当面教诲。不知大师能否赏给面子，告诉我详细地址。

看了邮件的胡味，幸福得几乎昏了过去。他立即将地址发给对方，并说随时恭候来访。

躲在画室里奋笔不止的胡味，早已忘记了自己的午饭、晚饭是什么时候吃的了。抢抓机遇，时不再来！好多词儿正在激励着胡味。他暗下决心，要干就大干一场，过了这个村有可能就没那个店了。五百张画纸刚买回来不到一个月，已经下去一半了。膀子酸了，他放下笔看了看自己的一张张画作，不觉又来了精神，脸上还露出欣喜的笑容。

"胡老师在家吗？"一个老太太的声音。

"在家啊。您是——"胡味赶紧跑过来开门，将老太太让进屋。

"胡老师正在作画啊？"

"是啊，您是——"

"我啊，就是那个在网上请求来拜访您的啊！"

"噢。是您啊？"

"是啊，我年轻时漂亮吧！"

说着，说着，老太太走到胡味的画作前，仔细欣赏起来。看了好一会儿的老太太突然问："胡老师，这些牡丹的叶子不对呀，怎么像玫瑰花的叶子啊？"

胡味仔细一看，嘴角立马打起了哆嗦："笔误，笔误啊！"

"憨大"醉酒

"憨大"对自己的老婆说不出什么感激的话，最大的回报就是对老婆笑一笑。老婆给买回的酒，他都一一喝了。

"憨大"嗜酒，远近闻名，若一日无酒，必生毛病。酒虽好，他却很少醉酒。

"憨大"人长得不怎么样，倒是修了一个好老婆。家里、地里全是老婆包办，还要好好地侍候男人。人都说，痴有痴福，"憨大"命好。

大锅饭年代，家里常常揭不开锅，"憨大"的酒钱未断过，不过时间一长，钱确实让老婆犯愁。家里两只老母鸡下蛋换来的钱，也无法给"憨大"解酒瘾，老婆把上头下来的救济款也给换了酒，让"憨大"喝了。生产队长气得火冒三丈，只好再发救济款给她买供应粮，免得饿死人留下罪名。

"憨大"日思夜盼，总算熬出了头。自从他家承包了生产队的五亩鱼塘之后，收入逐年增多，买酒的钱也宽松了。再说下酒的菜也不像过去寒酸了，老婆常为他炒上两个菜，酒兴来了，还约请两个酒友，划上几拳。

随着酒业的发展，"憨大"听到的酒名越来越多，听到的酒词越来越奇。"憨大"想尝尝那些酒，又怕老婆说自己不知好歹，也就忍了。老婆必定是老婆，早看出了"憨大"的心思，百儿八十的不就是钱吗？买给他喝！人家能喝，我也能买。

"憨大"对自己的老婆说不出什么感激的话，最大的回报就是对老婆笑一笑。老婆给买回的酒，他都一一喝了。听酒友说价钱还都不低，"憨大"常常在心里犯嘀咕，这瓶儿不是高就是矮，不是方就是圆，酒的颜色不错，都是白的，怎么就是味儿越来越不像以前那样对劲？心里这样想，嘴上可不好讲，说了，不是拂了老婆的一片心意吗？那老婆，见"憨大"喝酒不如以前脸色好看，只怀疑他生了什么毛病，可又不信，酒没少喝，哪来的呢？忽一日，"憨大"酒后无语，酣睡三天两夜，吓得老婆连忙去找医生。经医生检查，说是酒精中毒。待身体好了，又觉坐在屋中无聊，即打开电视机消磨一下时光。观看中，"憨大"突然睁圆双眼，只听电视里讲，某地个体老板造的酒，毒死二十多人，终身致死五十多人，已被判下死刑。"憨大"观后，睡在床上抖了一夜，嘴里还胡言乱语，不知说些什么，他的举动，搅得老婆跟前跑后，不知所措，要去请医生，"憨大"又直摆手。

时过数日，"憨大"的精神总算正常。一位酒友来访，问"憨大"："近日是否饮酒？""憨大"直摇头道："已醉数日，滴酒未沾。"

酒友长叹一声而去。

无声的印迹

你是我在河滩边的草地里捡到的，你的母亲当年就饿死在你身旁。我喊来几个好心人把你母亲就埋在那儿。你的哭声让我把你抱回家。

暖意融融的春光里，玄武湖畔岸柳依依，百花争艳。盘旋在空中的鸟儿不时地俯冲下来，那浮在水面的鱼儿摇了摇尾巴又潜入水底。

看得如痴如醉的黄老太竖起大拇指夸赞道，好景致，好景致啊。

站在一边的女儿力芹说，你能开心，我们可就高兴啦。

开心，开心，在锅台前快转一辈子了，真是没想到能看到这样的景致啊。闺女啊，我要好好地感谢你哦。

妈妈，你看你说到哪里去了，女儿带你出来玩是天经地义的，还要你感谢吗？

闺女啊，妈妈要从心底里感谢你啊。

妈妈，你不用说谢了。要说谢，还得我们也感谢你。

黄老太沉默了。她随着女儿所指的方向朝小岛望去，还一遍又一遍地点着头。

从没想到自己能走出灶台的黄老太，93岁的人了，还能到外面的世界看风景。

天安门、大雁塔、少林寺、东方明珠、西湖……没想到，没想到外面的世界会这么漂亮啊。

还是年轻的时候，自己听父亲说西湖很美，有苏堤，断桥，那旁边还有岳飞墓，好想去看一看。这，只不过是一个梦。

成为人妻之后，家庭的担子越来越重，老人、孩子，每天的好多事儿都在重复着。

兵荒马乱中，整天少不了提心吊胆的，常常夜间还要爬起来东躲西藏。

灾荒来了，烧的没了，吃的没了。野菜、树皮、柳条成了充饥的主食。

孩子的命保住了，这对黄老太来说算是尽了母亲的天职。当看到 5 个孩子一天天长大，又一个个走进学门读书时，心中少不了些许欣慰。

只要饿不死，就得让你们把书读好。这是三年自然灾害时黄老太常给孩子们说的话。

少不了流泪的黄老太，从未让孩子们看到过，把累和苦深深地埋在心底。

丈夫生病躺在床上一年多，需要吃药，需要营养，黄老太把家中好卖的都卖光了。

一位好心人来到黄老太身边说，你真是够苦的，干脆把最小的两个女儿送给人家，总比饿死好吧。

我怎么忍心呢？我跟你说啊，要死我们会死在一起的，难为你操心。黄老太咬咬牙没有那样做。

看着小女儿手握大学毕业证书，走上工作岗位的时候，黄老太笑了。她笑，笑自己的苦没有白吃，笑每个孩子都相继成家立业。

80岁那年，黄老太生了一场大病。医生说，这次难逃过来，劝儿女们把她带回家给她做点好吃好喝的。

儿女们不相信自己母亲会走得这么早，又相继转了几家医院，医生的口径一致，他们便把黄老太带回了家。

让人没想到的是躺在病床上一个多月黄老太，竟然自己爬起来了，身体一天比一天强壮了。

看着眼前发生的奇迹，好多人都跑过来看个究竟，皆发出一声声惊叹。

我不会死的，我不活到100岁我是不会走的。我啊，还要去周游中国呢。黄老太笑着对身旁的人说。

听了黄老太的话语，小女儿心头一振，对，将来等我退休了，一定得带妈妈去旅游，走遍全中国，看够好风景。

时机来得很偶然，一位爱心人士向90岁以上老人捐赠爱心房车，可以游玩中国。

黄老太得到的房车的名儿叫"感恩号"，是刚刚退休不到半年的小女儿为她申请的。

了却母亲的心愿，这是小女儿这十几年来一直要完成的任务，那就是要实现母亲的梦想。

老太太，这边的风景好吧？公园里的一位工作人员走过来说。

美，美，很美啊！黄老太回答道。

你这个房车多好看。谁为你办的啊？

女儿，是我的小女儿。

你真有福气啊。那位工作人员看了看小女儿说。

黄老太看了看女儿对工作人员说，我这孝顺的女儿还不是我亲生的呢！

妈妈，你——你怎么开这样的玩笑？小女儿推了母亲一把说。

是真的，女儿。黄老太认真地说。

妈妈，你——

不知你还记不记得？你上大学的前一天下午，我带你去河滩旁的一座坟前去烧纸的事吗？

记得。

那就是你亲生母亲的坟，我当时没有告诉你，只说要你以后记住这座坟。

妈妈，你——

你是我在河滩边的草地里捡到的，你的母亲当年就饿死在你身旁。我喊来几个好心人把你母亲就埋在那儿。你的哭声让我把你抱回家。

妈妈，你——女儿的泪水夺眶而出。

你——你永远是妈妈的好女儿！黄老太也流泪了。

如水的月光

有些意想不到的事儿会突然降到你面前，让你措手不及。已近年底，一张告示让本似一潭平静的水突然沸腾起来。兴旺路两边人家春节前要拆迁完毕。

灯光，在凝结的空气中显得有些暗淡。刚刚结束的唇枪舌战并没把那张绷得紧紧的脸带来丝毫松弛的样儿，仍处临战状态。

传说兴旺路两边的人家要拆迁搞绿化快两年了。刚开始的时候，大家凑到一起就会议论几句，可时间一长，人们也就不把它当回事了。很少有人再提起它。

有些意想不到的事儿会突然降到你面前，让你措手不及。已近年底，一张告示让本似一潭平静的水突然沸腾起来。兴旺路两边人家春节前要拆迁完毕。

拆迁办的工作人员第二天便住进了拆迁区内的一处空房中。紧接着，纪检监察部门也随之住了进来。

三五成群的拆迁户在交头接耳地议论着，来得好快啊，事先一点征兆也没有就住进来了。

还没等拆迁户缓过神来，房屋面积的测量已经开始了。没要一天工夫，三个测量小组就把应该拆迁的面积全都测量完了。

跟在测量小组后边的人觉得有些奇怪，怎么没看他们用尺量，就凭那手里的不停地在发光的那玩意儿就能测量完了。那东西能准确吗？好多拆迁户不敢相信。

心里一直忐忑不安的董成金，两年前他就对他在拆迁办的外甥女女婿王忠诚说过，将来要是真的拆迁了一定得帮个忙。

知道内情的王忠诚对舅舅说，只要可能一定帮忙。

得到外甥女女婿的承诺，董成金心里显得很是踏实。他在想，我那五十五平方米的违章建筑要是能同有照的面积一样算，一定不能亏待我那外甥女女婿。

现喂鸡现下蛋可不是我董成金做的事。他和老婆商量了一下，决定把家里那几只大公鸡送给外甥女女婿改善一下伙食。

跨进外甥女家的门，只有外甥女在家。董成金把几只大公鸡往屋里一放就要离开，外甥女连忙喊道，舅舅，我还没买东西给您吃，您反而送东西给我们，这使不得，您快带回。

磨了好一会儿，外甥女留下两只，其余又让舅舅董成金带了回去。

回来的路上，董成金边走边想，一只和十只都是一个样，反正表了心意，还怕你到时不帮忙。

看着拆迁办发下来的房屋面积测量报告单，董成金的心里着实有些不放心。按照自己私下里已经用皮尺量过三次的面积，把违建的五十五平方米加在内还要相差五平方米。毛病出在哪儿呢？董成金不敢声张，声张了若把那五十五平方米去掉了，损失可就大了。

晚饭后，董成金一声不响地来到外甥女女婿家想问个缘由。

正巧，王忠诚从外边刚回到家。王忠诚对舅舅董成金说，你那五平方米的猪圈尽管和主屋连在一起，但不可以算面积的。

听了王忠诚的话，董成金没再追问。他边谢了一声边从外甥女女婿家走了出来。

一大早，邻居陈研来到董成金家问量了多少面积，董成金不敢回答，害怕出了漏子，只含含糊糊地说，量得不对，我正准备去找他们。

我听说有的人家狗圈、羊圈、猪圈、鸡圈都算了面积，可我家的怎么没算呢？陈研对董成金说。

这不会吧，我家也没算啊？董成金边回答边看了陈研一眼。

如果有人在面积上玩鬼，甚至把违建也加进去，我非去告他不可。

不会的。你没看那纪检部门的人跟在后面吗？

送走了陈研，回到屋里的董成金，摸摸自己的脸，已冒出好多汗珠。

眼见拆迁协议快签完了，只剩下自己和另外两家了。董成金有些坐不住了，是不是有人知道自己是和王忠诚是亲戚呢？会不会有人去告自己呢？

晚上，王忠诚和拆迁办的工作人员再次走进董成金的家，协商签协议的事。

您家的五十五平方米违建不能按正常价格算账，只能按违建算。王忠诚对董成金说。

你——你——你怎么能按违建算，我——我那是多少年前就盖起来的呀？是个老屋子！急得几乎说不出话来的董成金已到了喊不出声的地步。

您——您别急，我们按政策办事，一视同仁。

你——你——

别急，别急，有话慢慢说。

我——我——

您说您不是违建，有证据吗？

有——我有——航空图！

航空图？众人有些不解。

纪检组杨组长拿过航空图一看说，这——这哪是——哪是——

这是一张照片，董成金的儿子董理晴突然推开门走过来说。

一张照片？董成金看着儿子惊讶地说，你——你不是说这是一张航空图吗？

那是我跟你闹着玩的。

儿呀——儿呀——

舅舅，按照政策，我们不会少给您一分钱，你放心！王忠诚说。

我——我那两只——董成金嘀咕道。

什么那两只？那两只第二天就被外甥女送过来放到鸡圈里啦！站在一边的董成金的老婆忙插话说。

嘿——董成金拍了拍大腿。

那你签吧！王忠诚说。

签——

屋内，紧张的空气顿时消失了。门外，空中的月光如水洗一样。

洗　车

坐在车里，马师傅常对新局长讲老局长的事儿，字字句句都对老局长表示惋惜。马师傅说得最多的一句话就是，凭老局长的能力，县长也照干啊。可惜哦——

爱车坊美容中心的门前转眼间停了几十辆车，这些车都是开到这里来梳妆打扮的。连续两天的大雨给一辆辆车涂了鸦，若不清洗实在是难走到人前啊。

来回于自己车子身旁的马师傅，一点儿没有急着去排队洗车的样儿。他不时地用手摸一下车身，好像要在上面摸出点什么名堂似的。

已有 26 年驾龄的马师傅，待车如命。他常说，自己的生命是和这车子连在一起的，也同样关连着他人。

学开车，父亲当时并不同意，说怀抱方向盘就如同怀抱一只虎。父亲给他找了好几样别的活他都不干，坚持要学车。父亲没办法，也就认了。

想做那样的事准能做好，马师傅没要两个月就学会开车了。一年后，他又拿到了正式驾照。

教他的那位师傅看他做事用心，脑瓜子好使，说起话来笑眯眯的很讨人喜欢，就把他留下来做教练。

刚拿到驾照不久，马师傅就干起了教练的活儿，这让好多人心里不服。不过，学员都喜欢他，乐意跟在他后边学。

耐心、细致、热情，马师傅的名儿早已在学员的心里扎了根。刚来学开车的人听说了，都托关系要跟在他后边学。

县交通局局长到任不久，想找个技术好一点的驾驶员，办公室的人给他推荐了驾校的马师傅，局长点头表示同意。

调头、后倒、急刹，加码，局长坐在车里不停地发出号令。手握方向盘的马师傅随着马局长的号令运作自如，让局长如同躺在办公室的椅子里，没有一点儿异常之感。局长笑着点了点头。

不到一年工夫，局长已把这二十刚过的马师傅视为自己的儿子一样，就连收礼送礼都由马师傅替自己代办。每次，马师傅都办得天衣无缝。

道路工程刚下来，好多个搞工程的承包商瞄准那几个标段。直接找局长成功的把握并不大，有人偷偷地来疏通马师傅的关系。

有个香烟里藏着两万块钱的包工头请马师傅转交给局长，希望能对自己照顾一下。

看着装有现金的香烟盒，马师傅说，你想害死我们局长啊，赶快拿回去。

一点颜面也没有的包工头灰溜溜地离开了马师傅。不久，包工头又找了别的关系把那条烟递到局长手里，如愿以偿地揽下了一个标段的工程。

无意中，马师傅跟局长提到那个包工头的事儿。局长说，他们也不容易啊。

心领神会的马师傅，不再做局长的挡箭牌，好人做了一回又一回。

局长被双规那天，马师傅站在车旁暗暗落泪，责怪自己不该收起挡箭牌。

新局长上任了，马师傅不敢有一点懈怠，再不能让老局长的悲剧重演。

坐在车里，马师傅常对新局长讲老局长的事儿，字字句句都对老局长表示惋惜。马师傅说得最多的一句话就是，凭老局长的能力，县长也照干啊。可惜哦——

新局长听得连连点头。

那些想从马师傅那里打开决口的人，一个个都退了回来。他们都说，不走正门看来是不行了。

听说马师傅这么厉害，有位刚提拔上来的女局长想到交通局任职，希望自己有个约束。

你呀，何必把紧箍咒往自己头上套呢？女局长的丈夫说。

头上还是套一个好。女局长回答道。

后来，女局长未能如愿，结果犯了错。她只恨自己当时没能坚持住，受了丈夫的坑。

交通局局长换了一茬又一茬，临走时都对马师傅说，没有你，我们是没有被提拔的希望的。

站在车旁的马师傅，心里有些想不明白，车改补，局长自己去找车坐，以后会不会出事呢。

　　他打开车门，坐进了车里，想启动车子去排队洗车。刚拨下钥匙，手又停了下来。

　　洗完这一次，车就要交出去了。这辆后买的车啊，在自己手里玩了也快五年了，它和先前那两辆一样还就没出过事，真不放心会落在谁的手里呢？

　　两眼已经模糊的马师傅，不知到底该不该去洗这车。洗了，就要和自己分别了。

　　马师傅，车还没洗啊？局长骑着电动车站到马师傅的车门前叫道。

　　是——是你啊，局——局长！马师傅有点措手不及地回答道。

　　快去洗啊，洗好了你把它交了。

　　你——你——骑电动车啊？

　　对，我以后上下班就骑电动车！

　　好——

　　排上了洗车的队伍，两个人都笑了。

我在开会

　　慌得连手机也没带的局长夫人，一到医院就跟人家借了手机打了起来，想把女儿遭遇车祸的事赶快告诉张局长。张局长没接这个生号码，可把局长夫人急得直掉眼泪。

一路同行

被手机缠绕得有些不可脱身的张局长，气不往一处来。若把手机关了，又怕被说成是通信不畅。局里有个规定，不准关机，若关机，被视为违规。

工作日也就罢了，连休息日也不得安宁。就说喝个酒打个牌吧，常常也被铃声所骚扰，搞得心头乱糟糟的。办点正经事无可挑剔，那些不知从哪儿冒出来的朋友的朋友，亲戚的亲戚，大事小事都来个电话，不知他们自己烦不烦。接，就是不工作也接不过来呀。

苦思冥想的张局长，到底能用个什么法儿把他们挡回去，不受一点干扰呢？有个下属看出了张局长的心思，便替他出了个好主意。他帮张局长在手机上设置了一个自动回复短信：我在开会。嘿，这一着真灵。那些接到短信的人，不再打第二遍手机了。

正在打牌的张局长，又接到一个电话，是生号码，立即自动回复：我在开会。

星期天开什么会呀？急得满头是汗的局长夫人，随即骂了一句："该死的！你——你——这么大的事儿你也不接电话。"

放学的路上，骑着电瓶车的局长女儿在路口拐弯时，被一辆急驰而来的面包车撞飞在路旁的绿化带里。120 很快来把她接进医院。

慌得连手机也没带的局长夫人，一到医院就跟人家借了手机打了起来，想把女儿遭遇车祸的事赶快告诉张局长。张局长没接这个生号码，可把局长夫人急得直掉眼泪。

情急之中，局长夫人打通了办公室陈主任的手机："陈主任，你好！"

"你好！有事吗？"陈主任回答道。

"请你立即想办法找到局长，女儿出车祸了！"

"啊？好！好！"

陈主任绕了几个弯终究找到了张局长。他立即拨通了张局长的手机说："局长，还在开会吗？"

"嗯，有事吗？"张局长回答道。

"你女儿出车祸啦！"

"什么，什么，女儿出车祸？"

"是，是！"

"人呢？"

"在医院！"

"我——我——我女儿怎么能出车祸呢？"

"是，是，嫂子刚才打你电话打不通，你回信息说在开会。"

"她——她——她什么时候打的？"

"她是用别人的手机打的。"

"哎呀，我的天哪！"

看着已经脱离生命危险的女儿，局长和夫人都松了一口气。

躺在床上的女儿跟爸爸说："爸爸，你也要好好休息休息，不能每个星期天都在忙着开会啊！"

"嘿，女儿啊——"张局长好半天也没能回答女儿的话。

签　字

　　打开门一看，是前庄的刘小花。陈实心里一愣，这刘小花是他同班同学，那次为班级扫地的事他打过她。她不会是来找我算账的吧？

　　躺在床上的陈实，一会儿翻下身边的书，一会儿又打开电视看了看。有个事儿，一直闹得他心神不定。

　　中午，邻居常贵来找他，说是要去外地做笔买卖钱不够，决定到农商行去做两万块钱贷款，想让自己去帮签个字。陈实知道，若少一个人签字就做不到贷款，常贵的生意就做不了。常贵还说，银行的主任说了，只要陈实来签字，这个贷款一定做给他。这，这不是把人硬往梁山逼吗？

　　要说这几年，陈实为帮别人做贷款，还就签了好多回字。他的字写得不是很好，可银行主任看到他的名字，不会说二话，就把贷款给批了。把自己的名字拿过来看了又看的陈实，不觉好笑起来，真能值那么多钱啊？

　　自小失去父母的陈实，是靠左邻右舍把他拉扯大的。书念到初中毕业就再也没去上学，回乡承包了好几个鱼塘养起了鱼。刚出校园门的陈实，养鱼没有垫底资金，就想到银行去做点贷款。做贷款，得有人担保签字，他请了好几个人没一个肯帮忙签字的，担心他以后会还不起贷款。做不到贷款，急得陈实在院子里来回打转转。

"陈实在家吗？"一个女子的声音。

陈实听到门外有人在叫他，赶紧回答道："在家！"

打开门一看，是前庄的刘小花。陈实心里一愣，这刘小花是他同班同学，那次为班级扫地的事他打过她。她不会是来找我算账的吧？陈实忐忐忑忑地问："你——你——刘小花——你有事吗？"

"当然有事，没事我来干嘛啊！"说着，刘小花还做了个鬼脸。

"你——你不——不是——是——"

"听说你遇到为难的事了，是吗？"

"是，是，你——"

"我来帮你！"

"你——你——"

"不相信吗？"

陈实的心里如同小鼓在敲打着，也不知她说的是真是假。她爸是村主任，村上人都不敢得罪他。还有她爸上下说话都灵，好多人请他办事一办就成，要是他能帮我的忙准成。不过，人家会帮吗？陈实朝刘小花看了看说："我的好同学，你，你——"

"你什么你？要做多少贷款，报个数！"刘小花说完昂起头等着回话。

"五——五百！"陈实好不容易吐出这几个不知有多重的字。

"就这个数啊，够吗？"

一路同行

"够了，够了。如能做到，我一定按时还！"

"陈实，我跟我爸说了你这个事，他开始并不同意。我跟他说了，看在我和你是同学的份上，得帮这个忙。他啊，爽快地答应了。明天去帮你签字。"

"谢谢，谢谢我的好同学！"

鱼，养起来了。陈实从水温到防病，从饲料的配方到鱼塘的管理，还真料理得有板有眼的。看着一天天长大的鱼儿在水中游来游去的，陈实的心里好不欢喜。他每天闲下来时就会算算账，到春节少说也要赚个五千块钱。最让陈实高兴的是，市里县里的领导还带人到他的鱼塘来参观，夸他年纪轻轻的能做大事，以后会有大发展。

临近中秋，多年未见的大雨一连下了好几天。陈实的鱼塘被水涨满了，鱼儿一条条随着水流向外游去。看着游走的鱼儿不再回来，陈实急得眼泪直流。他用网去出水口拦截，可怎么也拦不过来。不知所措的陈实，此时想到的是那笔贷款，鱼儿若都跑了，那贷款怎么还啊？

"陈实，陈实，我们来帮你了！你不要急啊！"刘小花的喊声。

陈实抬头一看，刘小花的身后跟着好多撑着伞、穿着雨衣的人。见到救星的陈实，不知该怎样感激刘小花。大伙走到鱼塘边，有的用网拦，有的用蛇皮袋装泥加高鱼塘边沿。鱼被拦住了，雨也渐渐地停了下来。看着刘小花，陈实的泪水不知不觉地再次从眼眶中涌出。

损失是不用说的，不过到年底起鱼时，还是给陈实赚了3000多块钱。手握钞票，陈实笑了。他，还身戴大红花笑着走上了乡里表彰致富模范的领奖台。

　　成了致富能人的陈实，也成了刘小花的丈夫。创业路上，他们比翼双飞，还带领大伙一起走上致富路。陈实说，我能发家致富，靠的是银行的贷款帮了我，没有银行的支持我们步子不会迈得这么快的。不过，我从不拖欠银行一分钱贷款。刘小花常逗他说，我要的就是你的诚信，不然我怎么会嫁给你呢？

　　自己到银行也不知做了多少回贷款，更说不清帮别人去银行签了多少回字。陈实知道，这个字的份量可重呢？后庄的徐寡妇办养鸡场缺钱，要去银行做5000元贷款，自己也帮着签了字。鸡养起来了，可一场病来了，鸡全死了。徐寡妇哭得死去活来，说银行的贷款还不起了。陈实走过来安慰说，贷款我帮你还，我还要继续帮你贷，直到你养鸡发财为止。陈实真的是这么做了，徐寡妇养鸡也真的发了财，还成了村里的大红人。

　　刘小花耳朵里灌满了风言风语，一气之下要和陈实离婚。要不是刘小花的父亲出来说话，后果还真不好说。刘小花看自己男人真心实意帮别人，暗地里庆幸自己没那么做。

　　你还犹豫什么啊？常贵上次请你签字做贷款，要不是她老母亲生病能不按时还上吗？去，帮他签，你要不去我去！看你下次还怎么见人？刘小花看着举棋不定的陈实走过来催促道。

　　"好，就这么定，这个字我去签！我还要——"陈实边说边抱起了自己的妻子刘小花。

第五辑　品味篇

　　手握王市长的批条，韦一新对老同学尤明明不知如何感激是好。尤明明只是笑了一声说：没什么，你自己去找校长吧。韦一新在心里思量，一个给市长开车的驾驶员竟有这么大的能耐，不可小看啊。不过，我尽管手里握有市长的批条，也不能空着手去，得带点土特产。带点什么礼物呢？思索了好半天的韦一新把腿一拍：有了，就把舅妈从乡下送来的那捆粉丝带过去，那可是上等的山芋粉丝，校长一定高兴！

特别关照

　　胡为心里知道，赵超的这份参评稿是自己亲自从赵超手里拿回来的，要不然，那可要吃不了兜着走。胡为清楚，赵超和贾总的关系确实不一般啦。

　　乜斜着双眼，歪坐在舷窗旁的贾珍，心里在不停地盘算着：这次去参加评奖不知又评出个什么结果呢？前两次，因为分赃不匀，两个老评委几乎打了起来，但愿这次能平平安安。

"贾总，不好，我忘记了一个事儿。"坐在一旁的胡为突然说道。

"什么事儿？"贾珍转过脸来问。

"你关照的那个赵超的参评稿我忘记带来了。"

"你，你怎么搞的？那个人可是我的大恩人啊！没有他，哪有我的今天啊！"

"那，那——"

"那什么那，到机场后你立刻转机回去拿！"

"这，这——"

手忙脚乱地从抽屉里找出赵超的那份参评稿，胡为的心里似一块石头落了地。也算是个好事，还能想起赵超的参评稿忘记带来，要不然的话，那该又是什么结果呢？他明知道这事要被贾总批评，还是立即向贾总作了汇报。这才又折转回来找稿子。稿子找到后，胡为这又向机场赶去。

胡为心里知道，赵超的这份参评稿是自己亲自从赵超手里拿回来的，要不然，那可要吃不了兜着走。胡为清楚，赵超和贾总的关系确实不一般。贾总晋升高级职称的那篇造假论文是被主评委赵超发现的，随即发了短信给贾总，贾总如实承认，望能多多照顾。赵超没有吱声，贾总的职称顺利通过了。这种恩情，可不比一般啊！贾总每过一段时间就要去看望一次赵超，友情如兄弟般一样。

初评很快通过了。第二轮也就用了一天时间选定了。

看着一摞子参加终评的稿件，评委们你看着我，我看着你，不知该用哪种方法来定夺。

资深编辑家，本次评委主持人石城走过来对其他八位评委说："大家看一看，有没有特别关照的先提出来，权衡考虑。"

"我两篇！""我四篇！""我六篇！"大家很快报完了数字。

石诚屈指一算，获奖数总共三十六篇，现已超过十八篇。这不行，特别关照的每个人只能一篇，最多不超过两篇。石诚又将自己的想法跟评委说了。

半晌，无人应答。

贾珍站起来说："评奖的奖金虽然是我们出的，但我要带头，就按石诚先生所定，我的特别关照就关照一个人！"

"好，那就这样定！"大家应和道。

"特别关照，共是九遍稿件。特别奖四篇，一等奖五篇。特别奖奖金一万元，一等奖奖金九千九百元。其它由大家相互平衡定，这样没有意见吧？"

"没有，没有！"众人笑着答道。

磨蹭了两天的终评稿件终究尘埃落定。贾珍看着每个评委的脸上都堆满了笑容，深感自己与石诚事先拟定的方案还算天衣无缝。没出现前两届的分赃不匀，也算万幸。让贾珍更高兴的是赵超获得了特别奖。真是没想到，自己也能弄个心理平衡了。

评奖结果刚公布，在网上引来一片哗然。

"这样的评奖还叫评奖吗？分赃！"

"这样的评奖还叫评奖吗？叫互相利用！"

"这样的评奖还叫评奖吗？是在用污水搞坏了文坛！"

有一则贴子这样写道："我的稿件名落深山，心甘。不过，我多年前发过的一篇稿子被赵超全文搬来却获得了特别奖，不甘。请问评委你们的眼睛长到哪儿去了？快去找医生！"

胡为看了贴子，两腿直打哆嗦。

哭 孝

晚饭了，陈小妮把饭端到老公公床前，只见老公公还有一口气在喘着，眼见不行了。当下，若是送到医院抢救，还是有救的。她一声不响地带上房门，走进了屋中。

寒风中，送葬的队伍缓慢地行进着。白幡，随风摇曳着。手捧哭丧棒的三个儿子在棺材前弓腰挪动着，不时地抹下眼泪。

这个老头子好有福气哦。人死如泥就这么一辈子。还不知他是怎么死的呢。远望着这长长的队伍，路人边驻足观望边议论着。

听着二儿媳陈小妮那声嘶力竭的哭声，好多人都不觉落下泪。庄邻们都知道老公公这两年是跟她在一起生活的，那老公公常夸二儿媳待他不错。

下葬了，陈小妮哭得死去活来，人几乎倒在了刚刚堆起的新坟上。

好多人走过来把她拉起，刚站好，又倒下了。

装神弄鬼谁不会呢？再装，我们哪个不知道呀？和她常在一起打麻将的杨大妈说。

大妈，怎么了？靠在杨大妈身边的王大嫂问。

麻将桌上，她骂她的老公公比用刀杀还要厉害。说老公公这条老狗早死早好，天天要弄饭给他吃，快累坏了。

是这样啊，真厉害！

老公公生病，男人来跟她要钱说带爸爸去医院看一看。她却说，没钱，不看，死了拉倒。儿子气呼呼地走了。

太不应该，老人生病总得看啊。

起来吧，陈小妮。你平时待老人那么孝敬，已经对得起啦。刘奶奶走过来劝说一句。

是啊，你平时待他那么孝顺，就不要再哭啦。众人说道。

这个谁信啊？老公公卧病在床，有天在床上拉了点大便，她拉起来就打了老公公两个嘴巴，还骂道，光知道吃不知道拉的东西。这，就是陈小妮。你们还说她孝顺，徐老爹低声说道。

你说这事是真的吗？我上回听说了一点也不相信。夏老爹摇了摇头。

我亲眼所见啊，还能假得了吗？

太可恶了，简直不是个人。

你看，你看她哭的那个样儿，和真的一样。

那是假哭的。

假哭啊，我还没注意到。

你没看她手不停地从嘴里把口水抹到眼角上吗？

是的，一般人还做不出来。

小妮，起来吧。你看人马上都走光了，我们还是回去吧。牌友汪春琴劝说道。

抬起头来的陈小妮一看，只剩她和汪春琴两个人了。嘴里嘟哝道，想把我丢在这儿呀，走！

从坟头边爬起的陈小妮，掸了掸身上的泥土，拉着汪春琴就向家中走去。

晚饭了，陈小妮把饭端到老公公床前，只见老公公还有一口气在喘着，眼见不行了。当下，若是送到医院抢救，还是有救的。她一声不响地带上房门，走进了屋中。

还好吧，饭吃了吗？二儿子边问陈小妮边开门去看父亲。

没什么，没什么，好着呢。陈小妮把男人挡在了房门外，没有让他进去。

男人退了回来，就没再进去。他知道父亲的晚饭每天都是自己的女人端进去的。

凌晨，儿子习惯地走进父亲的房门去看看老人。这一看，把他惊呆了。老人赤身裸体，头挂在床沿上，一点气息也没有了。他把咽了气的老人扶到床上，穿上了衣服。随后便叫来了家人。

二儿子边哭着对大哥和弟弟说，都怪我，都怪我啊，没把父亲送去医院，都怪我啊。

没用了，人已走了，说什么也没用了。赶快办理后事吧。大哥和弟弟劝说着。

没用了，没用了，我们还是一起来办理后事吧，也好让老人体体面面地走啊。陈小妮边哭边说道。

老人走得这么急，好多议论在邻居中传递着。

九十六，身体一直很好，怎么到了她家病就来了呢？

陈小妮还经常炫耀自己对老人好，她那饭像喂猪似的。

老人不想家庭发生矛盾，一直是忍气吞声啊。

好可怜哦，这么多儿女到老走的却这么惨。

议论随着老人的安葬也渐渐淡去，很少有人再提起，也害怕再提起。

麻将桌上，陈小妮兴奋不已。现在没有负担，她可以随心所欲了。

大伙都知道，她那男人是最怕女人的。陈小妮说一，他是不敢说二的。

连续三把自摸，乐得陈小妮连连说，走了那个死老头儿，我的牌运来到啦。

妈妈，您又自摸啊。儿子不知什么时候站到陈小妮身后说。

是啊，我的儿子。陈小妮大笑着说。

妈妈，我以后打牌，你可不要成为我们的累赘哦。

我——你——

变 味

对自己作品的喜爱自不必说，金国的心里想再提高一步倒是真的。他跑了好多书店，见那定价太高，望而兴叹。不过，有时候他也会发个狠劲买上一本自己实在舍不得放手的。

去废品收购站已有三四趟的金国，想去拾点便宜货，他听文友老魏说，废品收购站里有不少好书，都是被一些人当作废品卖掉的。只要多出两个钱，就能买到那些书。老魏还说出自己买的那些书名儿，听得金国心里怪痒痒的，也就来了。不知怎的，他一连跑了好几趟，一本书也没见着。他有点着急了，打算再问问老魏，这到底是怎么回事？

爱书如命的金国，受父亲的影响较深。金国的父亲是个当地出了名的教书先生，教出的学生大都考上了好学校，自己还在一些报纸杂志上登了文章。好多外校的学生家长托亲拜友想把孩子转到金国父亲的手里教，也盼将来能考上好学校。班级里的人数是受限制的，哪能装得下那么多的学生？金国的父亲便办起了免费补习班，用来传授他的一技之长。这个说来也怪，上过金国父亲补习班的孩子，习作水平直线上升，让一些外地来听课的那些学生的老师有点不敢相信。不相信不行，金国的父亲就有这个本事。

得益最大的还数金国，读到大二时，那辅导教材里已选了他自己写的文章。金国是个才子，金国将来能成为一名作家，老师这么说，同学也都这么认为。金国的梦还在后头，他要写一篇影响全国的文章，将来还要出一本书。梦，随着金国走上工作岗位以后，一步步在实现着。偶尔之间，他写了一篇《行走在沙漠里》的小说，在一次大型刊物的评奖中，一举获得了金奖。金国面对众多媒体的采访与报道，不断地提醒自己：路还在后头。他奋斗的目标是要出一本书，然后再搞个作品研讨会，让更多的人知道金国生于书香门第，是书香门第中薰陶出来的一位最有影响的作家。

金国的作品研讨会，就是在他出了那本叫《天国之梦》的首发式上举行的。有头衔的，没有头衔的，济济一堂。溢美之词，无须言表。金国一次又一次请求大家对自己的作品提出批评意见，以盼提高。金国的谦逊，惹来了一次又一次掌声。听不到不同的声音，金国的心里有些不快，我这个会不是来摆好的，我想得到一些金玉良言啊。那些日子，金国的心中恍惚不定，只有一种迷糊之感。他特地跑去问平时会写些杂文的老友丁针，自己的研讨会是否成功？老友告诉他很成功。他摇了摇头。老友看他不相信，笑了笑说，那你就写篇《掌声的背后》吧。老友的话里似乎有点什么，金国点了点头。

对自己作品的喜爱自不必说，金国的心里想再提高一步倒是真的。他跑了好多书店，见那定价太高，望而兴叹。不过，有时候他也会发个狠劲买上一本自己实在舍不得放手的。苦于定价，又想买点书充实自己的金国,听文友老魏说废品收购站的便宜,便径直去了。来来回回跑了好多家,还就没碰上。运气不好,不如老魏。老魏怎么到那就买到了呢?双休日,节假日,金国的时间几乎都花在了废品收购站里。

时来运转的日子,终究到了金国的头上。那天,他刚踏进一家新找到的收购站的门,就见一捆书横卧在墙角里。金国连忙跑过去把那捆书拎出来。他打开一看,一下子愣了。这书,这书不是自己在一所中学门口签名售出的吗?怎么会跑到这里来?他揣摩了好半天,也没理出个头绪来。这书可是我的心血啊,怎么,怎么会被哪个不懂事的弄到这儿来的呢?

"先生,你买书吗?这书是九毛钱一斤收来的,你要买就五元一斤吧?"老板见金国站在那里发呆便走过来问了一声。

涨价了,怎么涨这么多啊?这老板是不是心太黑了点。金国抬起头来说:"这书,这书是谁卖来的?"

"这书啊,是一个在学校打扫卫生的老人卖来的!"

"这,这,怎么会卖到这儿来?"

"这是一位先生签了名的书。碍于面子,学生买后翻了翻全都送给了那位老人。老人看不懂那上面的字就都拿过来卖了。"

知道原委的金国,长叹一声说:"书啊——"

时　尚

　　行医多年的罗奶奶的丈夫，头上戴着右派分子的帽子，不过他手艺好，前后三庄的人都偷偷来找他看病，少不了送点给他。每到逢年过节，罗奶奶总要把丈夫买回来的鱼和肉，送些给陈奶奶。

　　陈奶奶活到八十多了还就没时尚过，这一回要不是她那两个老姐妹怂恿她，她才不会去买那高跟鞋呢。

　　草生一秋，人活一世，你也该时新一回。比陈奶奶大两岁的徐奶奶劝说道。

　　比陈奶奶小一岁的罗奶奶凑上前来说，我说你呀，抠门还能抠一辈子吗？你也该给自己走点后门，时尚一回。

　　年已八十有三的陈奶奶年轻时走了丈夫。她风里来，雨里去，好不容易把三个孩子拉扯大，都有了交待。

　　那年月，能和自己说上几句心里话的也就是徐奶奶、罗奶奶了。她们把自己视为亲姐妹，有什么难处，她们都会来帮助自己。

　　分田到户之前，在生产队吃大锅饭，陈奶奶家时常揭不开锅，能正常吃上两顿饭也就算不错了。每逢下雨下雪天，陈奶奶带养孩子只吃一顿饭。

　　徐奶奶的丈夫是个教师，手头稍微宽裕些。丈夫从粮管所买回的米和面，徐奶奶会不声不响地送点给陈奶奶，让孩子尝尝鲜。

行医多年的罗奶奶的丈夫，头上戴着右派分子的帽子，不过他手艺好，前后三庄的人都偷偷来找他看病，少不了送点给他。每到逢年过节，罗奶奶总要把丈夫买回来的鱼和肉，送些给陈奶奶。

好姐妹的心，陈奶奶觉得自己这辈子无法报答，她只能用眼泪来表达自己的感激之情。

人都会有难处的，你丈夫要是活着，你也就不会遭这个罪了。我们帮你这一点，也算不了什么，你千万不要总挂在心上。两位好姐妹常常这样劝说道。

陈奶奶点了点头，把两个姐妹的手握得紧紧的。

自打分田到户以后，陈奶奶可有使不完的劲，没想到这辈子还能吃上顿饱饭。

儿子办起了粮食加工厂，这是陈奶奶拿定的主意。她说光靠种田，还是盖不了房发不了财的。

日子越过越红火的陈奶奶，感觉前面的路越来越有奔头。

分了田，可把徐奶奶、罗奶奶家难坏了，地不会耕、不会耙，种子不会撒，那可真是急坏了人。

看着好姐妹的脸上布满了愁云，陈奶奶走过来说，我家有牛，有农具，你们田里的活我全包了。你们可不要再愁了，我要看到你们每天都在笑。

从田地里滚打出来的陈奶奶，三家的活儿全被她包了。地是她耕，田是她耙，种子是她撒，连肥料都是她一起施。那庄稼啊，长得让好多人看着眼红呢。

每到收获季节，徐奶奶、罗奶奶不知怎么感谢陈奶奶是好。陈奶奶说，30 年河东，30 年河西，你们帮我的时候我一直记在心里呢。这点事，不要挂在嘴上了。

直到田里都使用上了机器，陈奶奶也没放弃过帮助两人。这让两位好姐妹不知怎么感谢是好。

时光转得好快，让三个好姐妹没想到也能跟儿子女儿住到了城里。这是做梦也没有想过的事，现在倒是落到自己身上了。

儿子女儿知道三位老人的心思，商定把房子买到了一起，为的是让她们能在一起多唠叨唠叨，舒心些。

快来买啊，时尚的高跟鞋，半价出售，只要半价！扩音器的声音让走在门前的三位老姐妹的耳朵震得怪痒痒的。

哎，才半价，进去看看。徐奶奶说。

对，进去看看。罗奶奶答应到。

算了吧，准是骗人的，我上次在路边买袜子就上了当，没穿到一天就坏了。陈奶奶不乐意地说。

看着，说着，徐奶奶、罗奶奶把陈奶奶也就拉了进来。

望了这双，又看了那双，罗奶奶悄悄地说，看来这货是真的，不是假的，我们可以一人买一双。

我也看了，不假，能买。徐奶奶说。

服务员走过来说，你们先穿上试试，合脚了我就给你们拿。一个月内包退包换。

陈奶奶动心了，可她转念一想，快进棺材的人了，穿上这高跟鞋，不是要被人笑掉牙吗？她拿起鞋子刚要试又放回了原处。

徐奶奶、罗奶奶穿上那高跟鞋，刚走上几步，就围过来好多人，都说穿起来真时尚，用不着拄拐杖。

付了钱的徐奶奶、罗奶奶见陈奶奶还在那磨蹭，赶紧走过来说，你这辈子也时尚一回，我们每次买衣买鞋你就是舍不得。是不是没钱啊，我们借给你。

看着徐奶奶、罗奶奶时尚的样子，陈奶奶咬了咬牙，心里在说，这辈子也时尚一回。

穿着高跟鞋，走在大街上的三个老姐妹，边说边笑，从心底感到自己没白活。

刚抬眼，只见路边站着好多人正呆呆地朝他们傻笑呢。

笑，笑什么啊笑，就只准你们时尚啊？三个老姐妹狠狠地望了那些人一眼，同时大叫了一声。

奖章该送给谁

训练场上，兰兰的毅力与智力让老师们感到十分吃惊，正常的孩子也没有她这样能吃苦啊！苦，对于兰兰来说一点也不觉得。她一心想用自信来证明自己，一心要用好的成绩来回报那些呵护过自己的人。

天渐渐黑了，雨仍在淅淅沥沥地下着。

站在离学校不远处的一个小卖部门前的兰兰，眨巴着那双睁不开的双眼向四周张望着。

屋檐下，一条小黑狗不停地向着兰兰"汪汪汪"狂叫着，还不时地摆出向兰兰冲去的架势。

几乎蜷成一团的兰兰站在那里一动也不敢动，仍在向远方不停地看着。

店老板慌忙走出来赶走了小黑狗，对兰兰说：你家的人怎么到现在还不来带你，学校不是早就放学了吗？

我，我，我姐让我在这里等她，可，可，她到现在还没来。兰兰回答说。

那你姐姐呢，怎么到现在还没来？

她说送我到这里来上学，让我在这里等她。可，可她到现在还没来。

你已等了一下午了，是不是她把你遗弃了？

看来这个白化病孩子是被遗弃了。好几个人走过来说。

兰兰哭了，兰兰哭得越来越伤心。

好可怜啊，父母为什么这么狠心，有病也不能遗弃啊。

你叫什么名字，今年几岁？一个骑着摩托车的叔叔走上前来问。

我叫兰兰，今年 6 岁。兰兰低着头回答道。

好吧，叔叔送你去福利院，那儿会有人照顾你的。

我还能见到姐姐吗？

你去了以后她会去找你的。

谢谢叔叔。

雨中，兰兰坐上了那位叔叔的摩托车。

这一幕，是兰兰记忆最深的。

那天，福利院的阿姨告诉兰兰，说她患的是白化病，是终身残疾。

听了阿姨的话，兰兰问阿姨以后自己该怎么活？

只要坚强，只要有信心，你不比常人差，甚至会更强，做出更惊人的事情来。

我行吗？

你一定行！

兰兰正在和小兄弟姐妹们吃早饭的时候，从外面走进来几个人，说是县体育运动队来挑选残疾人运动员的。

经几轮测试，兰兰被选中了。100米短跑运动员！兰兰乐坏了。

福利院的阿姨都为兰兰高兴，小兄弟姐妹们也都为兰兰高兴。

从福利院到学校，从学校到县体育训练中心，兰兰觉得自己像在做梦一般，一点儿也不觉得自己是个残疾人。

训练场上，兰兰的毅力与智力让老师们感到十分吃惊，正常的孩子也没有她这样能吃苦啊！

苦，对于兰兰来说一点也不觉得。她一心想用自信来证明自己，一心要用好的成绩来回报那些呵护过自己的人。

快读完小学五年级的兰兰，已多次参加过省市残疾人运动会，从铜牌到金牌，一步步攀升，不断向更高目标迈进。

一路同行

那是刚上初二的时候，兰兰参加了全国残疾人运动会，一举夺得了百米冠军。

领奖台上，兰兰忍不住留下泪水，她说，这块金牌并不属于她个人，属于所有关心过她的人。

自打姐姐在学校门前小店离开兰兰后，途中发生了车祸，住了好长时间的院。那天，兰兰的爸爸妈妈把兰兰的姐姐送进医院后，立即就到学校门前去找兰兰，一连找了好长时间也没有找到。后来，她们打听到兰兰在福利院里很快乐，觉得就让她留在福利院好。他们跟院长商定，钱由他们出，逢年过节，他们还会按时给兰兰送来衣服和好吃的。

和那些残疾小朋友生活在一起的兰兰，心里好开心，再去上学的时候，也没有人尾随她们乱喊乱叫了。

兰兰取得这样好的成绩，福利院院长决定开个庆功会，把那些关心过兰兰和其他帮助过残疾孩子的人请过来，共享这一快乐。

主席台上，兰兰刚介绍完自己的成长过程时，院长走过来对兰兰说："你看坐在前排的是谁啊？"

"谁啊？我一点也不认得。"兰兰看了看回过头来说。

"那是你的爸爸、妈妈、姐姐、还有……"

"他们不要我了，还来看我干什么？"

"兰兰，你怎么知道他们不要你了呢？你吃的、用的、穿的，还有你玩过的玩具，都是他们提供的呀！"

"是，是这样的啊！"

兰兰的两眼充满了泪花，她走到父母和姐姐面前说："我错怪你们了。我谢谢你们，我要把这金牌送给你们！"

"兰兰，不要送给我们，你的奖牌属于关心过你的人！"爸爸说。

"那好，我把她永远放在福利院里！"

"好，就这么定！"

桥头边的石板

被吓得不知所措的曹一方，连忙向后退着，嘴里不停地说：大黄，大黄，我是你主人的舅舅啊！大黄怒目圆瞪，狂叫一声倒下去了。

离开院门的大黄狗，慢悠悠地向村头那座小桥走去。

和每天早晨一样，被人称作大黄的大黄狗朝桥头边的一块石板上一坐，歪着头呆呆地望着过往的行人。

看着比刚见到时瘦了好多的大黄，心疼大黄的人带给它的食品一点也没动，周围快堆成了一座小山似的。

见到送食品的人走过来，大黄每次都把头贴在地上蹭两下，表示自己的感谢。

"大黄多好啊，怪有礼貌的。"一个戴眼镜的老者指着大黄说。

"这个大黄啊，可不一般，自从它主人走了以后，一直就蹲在这里，怪可怜的。"一个中年妇女走上前来说。

　　"你们不懂啊，先前的大黄跟在它的主人后面多风光啊！它的主人经常开车带它到这桥头来蹓跶。让人看上去好羡慕哦！"一个年轻的小伙子走过来说。

　　"它的主人呢？"众人问。

　　"谁知道啊，有人说好像是——"

　　大黄对主人好多过去的所为还是知道的。主人，那可是个大名鼎鼎的五水镇拆迁办主任顾小利呀。

　　三河村是五水镇偏隅的一个村子，是个穷得出了名的。

　　一下子要变成工业园区的三河村，可谓十年河东转河西。三河村，所有的人家都要搬到鸿达新村居住。

　　拆迁的村民一下子住上了环境优美、设施齐全的新楼，手里还余下了一大把票子，是梦里也没想到会有这天，每个人的脸上都是喜滋滋的。

　　曹一方是顾小利的舅舅，为多弄几个补偿款，把自家院子盖得严严实实的。

　　心里不服气的陈新明，不声不响地也在自家院子里动起了手。不过，他是在夜间行动的。

　　没能瞒过督查员眼睛的秘密行动很快被发现。他们来到陈新明家，要其立即停工。

　　本似泄了气的皮球一般的陈新明，大腿一拍有了。

　　走进曹一方家中的陈新明，将装有五千块钱的一个红纸包递到曹一方手中，请其去外甥那儿给疏通疏通。

担心牵扯到自家的曹一方，一口答应了下来，还说这事包在自己身上。

见陈新明家的院子里突然站起来两层小楼，左邻右舍的心里十分不畅快。那曹一方盖了我们没话，人家有后台，你陈新明凭什么的呢？

盖，盖！就在心里不服的那几家准备好建房材料的档儿，督查员上门了，告知不要动手，盖起来也得拆。

私下里，几户人家都在议论都在探讨，陈新明为何无人来骚扰呢？难道，难道他——

手握一个装有五万元的红纸包的李跃强，来到曹一方的家中对曹一方说，请你帮说说话，谁叫我们几辈人同住在这三河村呢？

看在几辈人的份上，曹一方接过红包，一口答应了下来。

还不到半个月，三河村的几户人家的院子里，都多起了两层小楼。

拆迁，紧锣密鼓。

忙得不亦乐乎的顾小利，带着几个队员走东家，访西家，令那些拆迁户感动不已。

速度，速度！

让人没有想到，三河村本是个老大难的地方，能提前一个月完成拆迁任务，这可是创造了一个奇迹。

那天，坐在主席台上介绍经验的顾小利，最后总结的是两个字：和谐。顿时，全场响起了雷鸣般的掌声。

有人举报：顾小利的舅舅依仗外甥的权力，充当遮阳伞，大肆收贿。

平民百姓收贿，接到这样的举报还是头一回，纪委的人感到蹊跷。

曹一方被纪委带走的第三天，顾小利也被纪委带走了。

来到大伙中间的陈新明说，人不能没有良心，顾主任为我们做了好事，我们可不能不管呀？

"对，我们不能不管，明天去纪委要人。"大伙异口同声地说。

"不用了，这都是我的罪过，是我害了他。他回不来啦！"哭丧着脸的曹一方不声不响地走进大伙中间说。

"回不来了？"

"是，回不来啦！"

心里觉得对不起顾主任的几个村民一合计，定要把顾主任的老母和女儿照顾好。

手拿一饭盒饭菜的曹一方，来到大黄蹲坐的桥头，不忍心看着大黄这样死去。

躺在石板上的大黄已经有好多日没进食了。它见曹一方来了，张大了嘴巴，直向他的双脚跟前奔来。

被吓得不知所措的曹一方，连忙向后退着，嘴里不停地说："大黄，大黄，我是你主人的舅舅啊！"

大黄怒目圆瞪，狂叫一声倒下去了。

顾小利回来的时候，特地到大黄狗死去的桥头边的石板上磕了两个响头。

特殊一课

正想着，一只野兔从麦田里跑了出来，从俞正面前窜过，险些撞上俞正的电瓶车。俞正大吃一惊，"啊"的大叫了一声。

天刚亮，俞正就骑上电瓶车急匆匆地向她的拆迁联系户王平家走去。

路上，俞正边走边想，这些日子怎么就是见不到王平家的人影儿呢？难道，难道他们家的人都蒸发了吗？

正想着，一只野兔从麦田里跑了出来，从俞正面前窜过，险些撞上俞正的电瓶车。俞正大吃一惊，"啊"的大叫了一声。

"俞主任，一大早的往哪儿赶啊？"迎面开过来一辆轿车，从车窗里探出一个头来向俞正打起了招呼。

俞正停下车一看，是镇财管所的张所长，连忙回答道："你好，你好，这是到哪儿去啊？"

"去县城办点事。你是去哪儿哇？"

"你去县城啊。我是去水房村找拆迁户谈拆迁的。"

"你辛苦啦，这么早就去工作。"

"没办法啊，找人找了好几天，就是不见人影儿。我想早点去，说不定能碰上呢。"

"这个工作真是不好做哇。"

"不好做，也得做。这就叫工作哇。"

"哎，俞主任，我家有个表哥，这次也摊拆迁，能请你给关照关照！"

"哪一家啊？"

"我表哥叫王平！"

"叫王平？"

"对啊，叫王平！"

"我找的就是他，这么多天了一直没见到他的影儿。"

"这么巧，还好是你的联系户呢。"

"他怎么就不想见我们，总是不在家？"

"我听说他有隐情。"

"隐情？"

"是的，有隐情，等我回来再跟你说。"

"好，你先去忙！"

来到水房村村主任洪小利家，洪主任刚从床上爬起。见俞正主任来了，赶紧把俞主任迎进屋。

"王平昨晚回来没有？"俞主任问。

"昨晚等到11点钟，也没见他家的灯亮起。还是没有回来！"洪主任回答道。

"那我先去他家再看看！"

"你先去，我马上就到！"

好远就看到王平家的门仍锁着的俞正，还是一直走到了门前。她抬头一望，只见门上贴着一张字条，上面写道：

领导好，我知道你们来我家几趟，可我没办法和你们见面。村主任洪小利家的违建你们给多少拆迁费，请公开！我不会为难你们的。拆迁户，王平。

原来是这样啊。俞正如梦初醒般自言自语道，这，这都怪我的工作失误啊。随即，俞正将那纸条揭了下来。

10年前，飞机航拍图早有定论，凡是后建起的房子皆是违建。洪小利家的300平方的两屋小楼是3年前建起的，早该拆掉了。可主任有关系，一直无人动得了。村民心里早就有气了。这次拆迁如再给补偿，大伙心里绝对不服。俞正得知王平的这一隐情后，心里已有了打算。

水房村的土地征用，是用来建高速公路的。拆迁开始前，镇拆迁办已做了洪小利的工作，按标准只补了一点点损失费。洪小利的违建是用来办养鸡场的，曾得到镇有关部门的口头同意，没有手续。对镇里的决定，洪小利已经同意了。

洪小利家拿多少补偿，并没有向村民公开，主要是想等大家都签了协议之后一起公开的。这，让村民们引起了不满。

凌晨一点多钟，王平带着老婆和孩子刚停下车，就看见自家门上贴着一张红纸。走近一看，纸上是这样写的：

乡亲们，我家的违建房与你们的一样，尽管是镇里口头同意用来发展养殖业，但还属违建。我家的损失补偿和你们一样，如不信，请到镇拆迁办查验我的拆迁协议。洪小利。

"我说村主任不会多，你就是不信。"王平的老婆看后说。

王平朝老婆看了一看说："那我们这些日子是白躲了呀。"

"那村主任我们都是知道的，不会说谎的。"

"这我相信，他不会说谎。不过，我们也没说过任何谎呀！"

"说什么谎呀？不要说了。表哥，你看谁来啦？"张所长指了指身边的俞正对王平说。

"我们已等了好长时间啦，快开门让我们进去啊！"俞正笑了笑说。

王平愣了一下，好半天才答道："好，好！我来开门。"

灯光下，王平在协议上庄重地签上了自己的名字。

刚放下笔的王平握过俞正的手说："辛苦你啦，我，我——"

"你，你是对的。你为我们上了一堂很好的拆迁课啊。"俞正边说边向王平深深地鞠了一躬。

醉　羊

天快黑了，大黑从草垛旁爬了起来，小山羊也从羊圈里站了起来。大黑狗来到羊圈旁，小山羊赶紧迎了上去，边走边"咩咩"地叫着。那大黑狗摇摆着尾巴，头在羊圈的围栏上蹭来蹭去。

躺在羊圈里的一只小山羊，一动不动。怪了，小山羊从来没这么老实过，怎么突然乖起来了呢？

走近小山羊的老山羊用两眼看了看，又用鼻子在脸上嗅了嗅。哪来的酒味呢？老山羊跳着向后倒退了好几步，嘴还不停地往地上蹭。蹭了好一会儿，又把头摇了摇。

"咩——咩咩——"听到老山羊不停地叫唤，阿山赶紧跑向羊圈来看一看。

"怎么，怎么小山羊死了吗？"阿山边说边跳进了羊圈。

进了羊圈以后的阿山先拍了拍老山羊，又用手在小山羊的鼻子上试了试。没死，还喘气呢？那它怎么像死的一样呢？突然，他像想起了什么似的。昨天下午，它跳出羊圈跟大黑狗一起出去的。今天早晨起来到现在也没看到大黑狗的影子。大黑狗到哪儿去了呢？一阵风吹来，一股酒气钻进了阿山的鼻孔。这一大早哪来的酒味呢？阿山再仔细一闻，原来是从小山羊的嘴里出来的。难道，难道这小山羊喝酒了吗？他低下头，靠近小山羊的嘴边闻了闻，酒气熏人。怪不得它睡到现在还没起来呢？

"阿山哥，快来呀！"二毛在院门外叫道。

"什么事啊！"阿山问。

"大黑狗躺在草垛旁死了！"

"死啦？"

"死了！"

爬出羊圈的阿山赶紧跑到草垛旁。他到那里一看便明白了一切，大黑狗不是死，是醉了。昨天啦，它带小山羊出去不是玩的，而是去喝酒了。阿山责怪道："大黑呀，大黑，不是我说你，你已经醉了多少回连你自己也说不清。不过，你不应该把小山羊也带出去，让它醉成这样。难道你不知道吗？小山羊是从来不喝酒的。你这一带哇，下次不知能不能忍得住呢？大黑啦，下回你要是再带它出去酒喝，我可饶不了你。"

"在这看什么呢？"大石头走过来问。

"你看，大黑死了！"二毛回答道。

"不会吧，我看它昨晚和小山羊抢着吃喝还很凶吗？"大石头说。

"在哪儿？"阿山问。

"就在鸿远酒家的屋山头。"

"怎么个吃喝法？"阿三、二毛齐声问。

"有个醉汉躺在地上，吐了一地！大黑带着小山羊在那醉汉身旁抢着吃抢着喝……"

"格该死的，原来是这样！"阿山说。

天快黑了，大黑从草垛旁爬了起来，小山羊也从羊圈里站了起来。大黑狗来到羊圈旁，小山羊赶紧迎了上去，边走边"咩咩"地叫着。那大黑狗摇摆着尾巴，头在羊圈的围栏上蹭来蹭去。小山羊想跳出来，可羊圈的门已被拴得紧紧的。小山羊在羊圈里跳了起来，还不停地叫着。

阿山走过去一看，大黑狗已站在羊圈边，便对着大黑狗说："你是不是又想带它出去呀？"

大黑狗望了望阿山，摇了摇尾巴。

阿山又对圈里的小山羊说："你还想跟它去啊？"

小山羊两眼直盯着阿山，昂起头长长地叫了一声："咩咩——"

招　手

小石忐忑不安地走进了自己的办公室，连地也未打扫就坐了下来。她坐了一会儿又站了起来，还在办公室里来回走了几圈。她边走边想：我肯定有做得不到位的地方，要不花局长怎么会这么冷淡呀？

花局长有个不同寻常的习惯，见到下级总要招招手，以示致意。这个习惯是从上任那天起就逐渐养成的，过去快十年了还保持着。

好多下级见到花局长少不了开口喊一声，以表示对领导的敬重。喊过局长的人便自然而然地等局长招过手才能离开，若局长没来得及招手，定会站在那里等会儿。不过好多下级也知道，局长要是真的不招手，那可就有让局长不高兴的地方了。

提前吃了早饭的小石慌慌张张地骑上车直奔单位而来。她早来一点是为了赶一份汇报材料，过两天上级要来单位考核。步入大门的小石抬头一看局长正从里往外走，心里头突然在想，局长来这么早干什么呢？怎么来了又往外走呢？还没理出头绪的小石，眼见局长已走到了自己的面前，她赶紧喊了声，局长早！花局长不知听道没有，手也没招继续往外走。小石呆呆地站在那里，望着花局长的背影，心则在喊：花局长，你手还没招呢？

小石忐忑不安地走进了自己的办公室，连地也未打扫就坐了下来。她坐了一会儿又站了起来，还在办公室里来回走了几圈。她边走边想：我肯定有做得不到位的地方，要不花局长怎么会这么冷淡呀？是不是我昨天那份材料没写好呢？是不是今天早晨我来得比他迟呢？是不是我喊他声音小了呢？小石的头脑里像一团乱麻似的，怎么理也理不出个头绪来。

"小石，早啊！"办公室卫主任边走进办公室边喊道。

"你早，主任！"小石回答道。

"小石啊，局长昨天晚上回家摔了一跤，把膀子扭伤了，连头也不好抬，要去医院检查！"

"是这样啊！"小石一屁股坐到了凳子上，好半天才爬起来，还长长地叹了口气。

从医院走出来的花局长，见迎面走来一个人，好远就向他招手示意。花局长的脑子里马上反应过来：向我招手的人来头不小啊，肯定是个上级派下来的什么人，不然他怎么会向我招手而不用言语表达呢？想到这里，花局长快步迎了上去，连声说："欢迎，欢迎！"

"花局长，听说你的膀子受了点伤，特意来看看你！"迎面走来的人说道。

"你——"

"你要好好休息！"

"我，是，是，你——"

"你以后千万要小心！"

"是，是，你——"

"你我岁数必定大了点，不比年轻人啦！"

"是，是，你——"

"你现在出院无大碍吧！"

"没，没什么。你——"

"你要多休息，我这就走了。"迎面来的那个人边说边招了招手走了。

"哎，你——"花局长还没问清这位领导姓甚名谁，可人走了。

前来接局长出院的车子到了，第一个跳下车的是小石，见面便说："局长好！"

花局长听了刚要招手又没能抬起来，膀子还隐隐有些痛便缩了回来，随即笑了笑。花局长突然问小石说："小石，你看往那边刚走过去的那个人是谁呀？"

"左老师，做过我的班主任。供销科小左的父亲呀！"小石告知说。

"是他啊！"

"是他。他有个习惯。课堂上喊我们答问题，答对了就招招手，以示表扬。若不招手，说明答的不对。同学们每次回答完问题都盼他能招下手。"小石显得很神秘地说。

"他也有这个习惯啊？"花局长自言自语道。

节外生枝

饿，有时真的饿得眼睛发花。厉明知道，自己缺营养，每天还得坚持加班加点巩固课程，毕竟是毕业班吗。若不努力，怎么对得起那疼爱自己的奶奶呢？

走到公园北侧的小湖边，见到那么多的孩子在划着小艇，厉明的心里荡起了层层涟漪。

看着身旁的龚平法官，厉明似梦非梦地说："龚阿姨，我想上学。"

"你想上学？"龚平似乎没有听清，反问了一句。

"是啊，我要上学。"

"想上学？"

"对，我一心想读书。"

"上学读书，这个想法好啊，我支持你！"

能得到龚阿姨的支持，厉明的脸上布满了笑容。

说出去"支持"二字，龚平的双眉又立刻紧锁起来。

走进学校的餐厅，厉明就会想起自己的父母，要不是他们早早地因病离开人世，自己也就不会天天挨饥受饿。

吃饭时，有同学问厉明："马上要中考了，你怎么顿顿都吃这么差，也该改善一下哇。"

听了同学的话，厉明总是笑笑说："我习惯了，这对我来说已很满足了。"

饿，有时真的饿得眼睛发花。厉明知道，自己缺营养，每天还得坚持加班加点巩固课程，毕竟是毕业班吗。若不努力，怎么对得起那疼爱自己的奶奶呢？

晚自习下课以后，厉明正准备到学校门前的商店里去买牙膏，忽听有人在叫他。

"厉明，厉明，下课啦？"一个男子的声音。

抬眼望去，原来是与自己在初三同过班的后半途辍学的胡伟，便走了过去。

"厉明，跟我去弄点钱！"胡伟说。

"弄点钱？"

"对，弄点钱！"

"好啊，我身上的钱只能够买一盒牙膏了。"

走到一个夜店旁，胡伟迎面扑向了一个女子，一手将其搂入怀中并亮出一把刀子说："不许动，把钱掏出来！"

夜色中，那女子遭到了突如其来的袭击，打着哆嗦说："我掏，我掏。"随即从身上把300块钱掏给了胡伟。

"掏点给我，再掏点给我！"厉明走到女子面前说。

"好。好，我再掏！"那女子边说边把手伸向了口袋，掏了好一会儿才掏到 50 块钱。

"行了，行了，够我这两天吃饭的就行了。"厉明边说边从那女子手中接过了钱。

惊魂未定的女子见两人走了，立即报了警。还没一个小时，两个人便归了案。

警察面前，厉明如实交待了上述过程，最后还说了一句："我实在是有点饿，根本不知道这叫抢劫。"

审判中，法官龚平面对此案的特殊性，给厉明判了最轻的刑。她还把厉明作为自己的联系对象，帮助厉明重塑自己的人生。

那天离开公园以后，龚平为厉明上学的事到处奔波着。宏远职业学校决定接收厉明来上学。

办理完厉明的入学手续以后，龚平又去民政局为其申请社会救助，以解决厉明的读书费用。

"他的救助费不是早就被领走了吗？"民政局的工作人员说。

"领走了，不会吧？"龚平一头雾水地反问道。

"怎么不会，上面还有他签的字。"

"还有签字？"

龚平拿过那签过字的本子一看，厉明的头上已被累计领走了两万元。看过这个数字，龚平的头像炸开似的。要是真的有这两万元，厉明会走那一步吗？

深感事情蹊跷的龚平，立即向有关部门作了汇报。经查，领去厉明社会救助资金的不是别人，正是民政局的两名具体办事人。

依据有关法律，那两名工作人员受到了应有的制裁。

手捧救助资金的厉明，两眼流着泪说："龚阿姨，我一定不会让您失望的。"

龚平拉过厉明的手说："阿姨相信你，你一定不会让阿姨失望的。"

三年后，厉明在对口高考中，被一所重点大学录取。

好多人在私下议论，这个故事该起个什么名儿呢？

碰　瓷

相爱中，两个人好不容易读完高三。后来，两个人都没有考上大学，双双回到了自己的家乡。不甘寂寞的万一，下定决心要挣很多的钱，为杨燕在城里买套房，还要给杨燕买辆车。

沥青路面已挡不住阳光的火热，变得越来越松软了，车子驶过皆留下了深深的印痕。

岔道路口，一个身着短裤短衫的约莫三十多岁的男子刚迈脚，险些被一辆轿车撞上。要不是他眼快腿快，就要有后果了。

从车窗里探出头来的驾驶员狠狠地望了他一眼，还向他吐了口唾沫骂道："找死！"

"你才找死呢！开车不望路边的人，瞎开！"男子边骂边用手重重地指了指那辆车子。

男子朝四周看了看，见还没有车子过来，便在心里头对自己说："万一啊万一，你怎么连喝水也都塞牙呢？从早上到现在一个活也没干成，回去怎么交待啊？"

刚出狱不到两天，女友就来到万一的身边，这让万一根本想不到。六年了，她早该另有其主了，怎么还来找我。

"没想到吧，杨燕怎么还会来找我？"杨燕笑了笑又说："恋爱时，我就跟你说过，我们不需山盟海誓，我们要的是永远在一起。"

"杨燕，是谁告诉你的呀？我这不刚回来吗？"万一感到有些惊讶。

"万一啊，你以为我就是你回来才来的呀？婆婆生病这么长时间，我哪天没来呀？"

"杨——杨燕，我——我真不知道——该怎样感谢你！"

"你怎么会说出这样的话呢？万一啊，我跟你是什么关系啊，你不在家，婆婆就应该由我来照顾！"

"我——我——"

想起白天杨燕所说的话，翻来复去睡不着的万一，两行泪水不知不觉地流到了枕头上。

相爱时，自己和杨燕都在读高二。相爱中，两个人好不容易读完高三。后来，两个人都没有考上大学，双双回到了自己的家乡。

不甘寂寞的万一，下定决心要挣很多的钱，为杨燕在城里买套房，还要给杨燕买辆车。

看着万一的生意做得还算红火，杨燕打心眼里高兴，认准自己的眼光没错，以后一定会生活得很舒心。

那天，秋高气爽，万一送货到广州。途中，驾驶员还没来得及刹车，已碰到了两个人。被碰到的那两个人睡在地上一动不动，是死是活还看不出来。

走下车来的万一，见两个人倒在地上，拿过手机就要报警。

就在这时，一个女的忽然侧过身子对万一说："不要报了，报了反而对你们不利。"

"那怎么办？"万一说。

"这事好商量，你们最多陪几个钱。"

"这能行吗？"

"行的。"

驾驶员走过来用手碰了碰万一，贴着耳朵说："是碰瓷的。"

"碰瓷？"万一一听，火冒三丈，这纯粹是碰瓷，他不问青红皂白，上去就打。没想到打得重了，两个人真的受伤了。

交警赶到，那两个人被送往医院，万一被带到交警大队。

那两个人是夫妻，打工回来刚下车，就被万一的车碰到了。

住院费，万一赔了。打人被定为轻伤害，万一坐了牢。

出狱那天，狱警对万一说："你是个有出息的青年，不过遇事要三思而后行，做任何事都要对家庭、对社会负责，更要对自己负责。"

一想起狱警的话，万一的内心便顿时内疚起来。不错，我马上结婚确实需要钱。为了钱，我怎么会想起干碰瓷这样的事呢？

眼见三个多小时过去了，万一一次又一次从车边退了回来。可他又一次又一次地又走了过去。钱，钱，只有这样钱来得才能快一点啊。

结婚，拿不出钱来我怎么对得起杨燕，又怎么能办个像模像样的婚礼呢？

碰瓷，碰瓷！万一又一次走了上去。他要碰到这辆开过来的小轿车，从他身上捞一些。

走上去了，狱警的话又在万一的耳边响起，要三思而后行。万一退下来了。他呆呆地站在岔路边上，望着来来往往的车辆。

正在万一掉头准备离开的时候，一辆白色轿车一下子碰到了万一。万一，这一回没有躲得过，真的被撞倒在路边上。

万一回身说："开车就不能慢一点，我要被你撞死怎么办？"

"我们赔你钱！"车内的人边说边下了车。

"怎么是你？"万一揉了揉眼睛说。

"没想到吧，今天生意不错吧？"杨燕嘲讽道。

"来——来——"

"你看，这结婚的钱足够你用的啦。钱，都是我这几年挣的。再告诉你，我们不但能买房，还能买车！听见吗？"

"嘿——"